赤川次郎
女主人公《ヒロイン》
FN
FUTABA NOVELS

女主人公《ヒロイン》　もくじ

女主人公《ヒロイン》

装画　竹井千佳
装幀　高瀬はるか

1 壁

「大多じゃないか」

という声に、コーヒーカップを持った手を止めて振り返った。

背広にネクタイという、この喫茶店の中だけでも二、三十人はいそうな男が立っていた。しかし、髪は真白で、やせたというよりやつれた感じの男は、どう見ても大多より年上に思えた。

「ええと……」

何か仕事で係りのあった男かな？　だとすると誰だか分らないというのはまずいぞ。

しかし、大多の表情ですぐにそれと察したようで、

「分らないか？　高校で一緒だった牧野だよ」

と、気を悪くした様子もなく言った。

「――牧野？　そうか！」

記憶の中の明るいスポーツマンだった高校生をどう修正しても、今の疲れたサラリーマンにはならなかったが、その声と話し方で大多にも分った。

「久しぶりだな」

と、握手をして、「仕事か」

「打合せが済んで帰るところだ」

と、牧野は言って、「少し時間、あるのか？」

「ああ。人を待ってる。まだ三十分は来ないよ。コーヒーでもどうだ」

「うん。――じゃ、一息入れよう」

牧野は向いの席に座ると、「ホットミルクをくれ」

オーダーして、おしぼりで手を拭くと、

「コーヒーはだめなんだ。胃をやられてな」

「やせたじゃないか」

「ああ。――老けたろ？　言われなくたって分る。俺のことが分らなくても無理はないよ」

大多としては言いようがなかった。

「大多、お前何してるんだ？　その格好は自由業っぽいな」

確かに、スポーツシャツにジャケットをはおった大多は、どう見てもサラリーマンではない。

「うん……。まあ、何というか――物書きさ」

「へえ。それで食っていけてるのか。大したもんじゃないか」

「何とか、やっと、ってとこだよ。――牧野、どこか証券会社に入ったんじゃなかったか？」

「ああ、今でもN証券だよ。人事にいる」

「人事か……。神経使うんだろうな」

「営業に二十年いたが、胃をやられたのは人事に移ってからさ」

ホットミルクが来ると、牧野は砂糖をたっぷり入れてゆっくりさましながら飲んだ。

大多は当りさわりのない、お互いの家族の話や、かつての同級生たちの現況などを話題にした。

二十分ほどして、牧野はポケットからケータイを取り出し、

「やれやれ、メールが十件も来てる。読む気もしないよ」

「仕事の連絡じゃないのか」

「俺がリストラを宣告した相手が、恨みのメールを送って来る。別に俺が決めたわけじゃないのにな」

「なるほど……。辛いな」

「ともかく、目の前の人間に、やり切れない思いをぶつけたいんだな。気持は分るよ。俺だって、

いつ宣告される側になるか……」

と言いかけて、「やめとこう。せっかく楽しい思い出に浸ってたんだ。もう少し――」

牧野は嘆息して、

「もう行くよ。邪魔したな」

と、自分のミルク代を小銭で置いた。

「ケータイの番号、教えてくれよ」

大多は自分のケータイを取り出し、牧野と番号、アドレスを交換した。

「ありがとう、大多」

「何だよ」

「お前と話して、救われたよ」

「何かあったのか」

「参ってたんだ」

と、牧野は店の外へと目をやって、「実は、営業部で、もう一週間も無断欠勤してる奴がいてな。人事の仕事なんだ。様子を見に行った」

「そうか……」

「アパートで一人暮しだ。玄関のチャイムを何度も鳴らしたが、返事がない。――大家に言って、交番のお巡り立ち合いで鍵をあけてもらった……」

「――いたのか」

「ああ。死体を見付けたことも、三回あるんだ。今日の奴は生きてた」

「良かったな」

「そうでもないよ」

と、牧野は首を振って、「奥の部屋で、奴は畳にあぐらをかいて、じっと座ってた。それも、何もない壁に向ってな」

「壁に?」

「ああ。正面の壁を一心ににらんでて、声をかけても、肩を叩いても、全く気付かない」

「そんなことってあるのか」

「俺もゾッとしたよ。しかし――ともかく何か食わせないと死んじまう。急いでコンビニへ走って、水や弁当を買って来た。無理に食わせて、ともかく明日病院へ連れてくことにしたよ……」

「男の社員か」

「うん。男の方がひよわだな。そんな状態になるのは、まずほとんど男だ」

「なるほどな」

「あの、異様にギラついた目つき。壁をにらんでた目が忘れられなくてな。どうかなりそうだった」

牧野は立ち上って、「お前に会えて良かった。じゃ、頑張れよ」

「うん……」

牧野はせかせかと店を出て行った。

「――壁をにらんで、か」

大多はそう呟いた。「俺だって大して変らないぜ」

そのとき、喫茶店に「壁」が入って来るのが見えた。

その分厚い「壁」は顎のそり残しのひげを撫でた。

「まあ、話の筋立ては悪くないけどな」

と、粘っこい口調で、「どうも、ヒロインの姿が――こう、セリフの間から見えて来ないんだな。やっぱりシナリオってのは、文字から主人公がパッと立ち上って来ないと」

言うのは簡単だ。そう言うのなら、自分で書いてみろ！

大多は心の中で思い切り怒鳴ったが――。

「まあ、まだ一、二回目だけですから。回を追って、ヒロインも目立って来るんで……」

「おい、大多君。視聴者は一回目を見てつまらなきゃ、二度と見てくれないぜ。そんな呑気なこと言ってちゃだめだよ。そんなんだから、若手のライターに仕事を持ってかれるんだ」

「はあ……」

「ま、基本はこれでいいから、もう一度書き直してよ。もっとテンポアップしてね。――何しろ、やっと野添あやめを確保したんだ。これで視聴率が取れなかったら、俺もクビが危い」

――松村浩吉はMテレビのプロデューサーである。「大多君」と呼んでいるが、今五十歳の大多より、五、六歳若いはずだ。

しかし、大多のような、「売れっ子」とは言いかねるシナリオライターとしては、プロデューサーが声をかけてくれなければ干上がってしまう。

「書き直せ」

と言われれば、いやとは言えないのだ。

「分りました」

「明後日までに頼むよ。野添あやめのプロダクションに渡せるようになってないとまずいんだ」

「今日明日の二日間で直すんですか？」

「そうだ。やれるだろ」

突き放すようなその言い方には、「できなきゃ他のライターに回すだけだ」という意志が明確にこめられていた。

「分りました」

と、大多は言った。

「よろしくね。なあに、昔は一晩で軽く一本書き上げたじゃないか」

一体いつのことを言ってるんだ？　大多は皮肉を言ってやりたいのを、何とかこらえた。

「——今夜、野添あやめに会うんだ。絶対いい脚本《ほん》になります、と言っとくからな。頼むぜ」

さすがに少しは「無理を言ってる」という意識があるのか、

「ここは払ってくよ」

と、伝票をつかんで、先に店から出て行った。

コーヒー代なんかいいから、ちゃんとまともな脚本料を払ってくれよ。——大多はそう言ってやりたかった。

あの「壁」、松村に……。

プリントした最初のシナリオ、第一稿をパラパラとめくって、ため息をつく。

大多だって、これが歴史に残る名作だとは思っていない。しかし、そう悪くないはずだ、と思っていた。

一旦、野添あやめに読ませた上で、

「気に入らないから直して」

と言われるのなら、まだ納得がいくのだが……。

確かに、松村の言ったように、野添あやめのスケジュールを押えるのは、大変だったろう。

野添あやめは三十二歳。正に今輝いているスターだ。ＴＶ局にすれば、「間違いなく数字の取れる」数少ないスターの一人なのである。

本来なら、大多のようなシナリオライターに回って来る仕事ではなかった。野添あやめのプロが、なかなか引き受けるかどうか返事をよこさなかったので、シナリオを依頼するわけにもいかず、やっとＯＫの返事が来たときには、今売れっ子のライターはすべて「売約済」。

仕方なく、Ｍテレビと付合の長い大多に回って来たというわけだが、さて……。

大多の他に、「ちっとも忙しくない」ライターは山ほどいる。大多が、殺されないまでも、交通事故にでも遭って、書けなくなってくれたら、と思っているライター仲間が何人かいることは間違いない。

「そんな期待に応えてたまるか」

と、つい口に出してしまい、そばを通りかかったウエイトレスにけげんな顔をされてしまった。

ここにいつまでも座っていたって、シナリオが書けるわけじゃない。

大多は自分を励ますように、

「さて行くか」

と言って立ち上った。

レジの前を通って店を出ようとすると、

「お客様！」

と、鋭い声が飛んで来た。「伝票は？」

2　オールドタウン

ヨーロッパの町には、よく何百年も前の街並がそのまま残っている所があって、旧市街――オールドタウンと呼ばれている。

わざと残してあるのは、「ヨーロッパ的なもの」に憧れる観光客にとって、旧市街こそがヨーロッパだからである。

まあしかし――それはこの場合、関係ない。

ここ、東京郊外に広がるNニュータウンの住民が「オールドタウン」と言うとき、それは「古い街並」を指すのでなく、「年寄りばかりの町」の意味で、本来の名称である「ニュータウン」を皮肉って「オールドタウン」と呼ぶのである。

駅前からニュータウン内の団地へ向うバスに乗ると、大多は奥の方の空席に腰をおろした。夕方とはいえ、まだ勤め人が帰宅して来る時刻には少し早いので、楽に座れた。

バスの中を見渡しても、その平均年齢は確実に上っている。――大多が入居した十五年前には、まだずいぶん子供の姿を見かけたものだが、今はまばらで、ニュータウン内の小学校も生徒が減って閉校になったりしているのだ。

「やれやれ……」

今五十歳の大多だが、妻の由美は四十六歳、一人娘の美穂は八歳で、ニュータウン内の小学校へ通っている。

そう。――妻子を養うためにも、今手元にあるシナリオを、二日間で書き直さなくてはならないのである……。

スーパーマーケットの前の停留所からは、買物袋をさげたり、ショッピングカーを引張った主婦がドッと乗って来る。

大多が奥の席に座るのは、乗降口の近くに座ると、ここで顔見知りの奥さんと出会って席を譲るはめになることがあるからだった。

「――あら、大多さん」

奥の方へやって来たのは、スーツ姿の女性で、同じ団地のB棟に住む小森令子。

「やあ、早いですね」

幸い、大多の隣は少し詰めれば一人ぐらい座れるスペースがあった。

「まあ、どうも。――今日はお茶のペットボトル買ったんで重いの。助かりました」

と、小森令子は息をついて、「仕事の打合せで、夜までかかるって覚悟してたんです。五、六年前に一緒に仕事した相手で、打合せの後、必ず飲みに行く人でしたから。ところが今日会ったら、いやにそわそわしてて。パッと打合せを終らせて、『じゃ、今日はこれで』って。――びっくりして、部下の人に訊いたら、一年前に子供が産まれて、その子をお風呂に入れるのが何より楽しみなんですって」

「そりゃ結構じゃないですか」

「私も、こんな時でなきゃ明るい内に帰れない、と思って、会社へ戻らず帰って来ちゃったんです」

小森令子は今四十を少し出たところ。結婚したことがあるのかどうかは誰も知らないが、少なくとも今は独身で、一人暮し。こんな時間に見かけることは滅多にない。

大多の膝の上の分厚い封筒を見て、

「それ、シナリオ？」

「ええ。この秋のドラマなんですが……」

「見てもいい？」

「どうぞ。全面的に書き直すんです」

と、大多は言った。

令子はパラパラとめくって、

「――何もないところから、こうやって人物やセリフを作り出して行くんですものね！　凄いですね」

「いや、ちっとも。いくら書いても、実際に採用されなきゃ仕方ないですからね」

「どうも」

と、令子が大多へシナリオの束を返そうとしたとき、バスがブレーキをかけた。

「あ！」

立っていた女性が、大多と令子の上に倒れて来た。シナリオがバラバラになって床に散った。

「ごめんなさい！　――すみません！」

床に尻もちをついてしまったその女性は、謝りながら立ち上って、散らばったシナリオを必死で拾い集めた。

「ああ、いいですよ」

大多は一緒に拾うと、「――これで全部だ。ああ、順番はどうでもいいです」

「本当にすみません！」

大分くたびれたスカートの汚れを払おうともせず、その女性は恥ずかしそうに人の間を抜けて前の方へ行ってしまった。

「手ぶらでしたね、今の人」

と、大多が言うと、

「ご存知でしょ？」

と、令子が訊く。

「今の人ですか？　いいえ」

「あら、だって……。お隣のA棟の人よ」

「へえ……。あんまりご近所の人の顔を知らないんですよ」

「ちょっと変った人というか……。噂じゃ、ご主人に逃げられたとか」

「逃げられた？」

「ご主人が北海道へ仕事で行って、落ちついたら呼ぶから、って言われて行ってたのに、その内、ご主人の消息が不明になったとか」

「そうですか。じゃ……」

「でも、じっと連絡が来るのを待ってるらしいですよ。確か三つか四つの女の子がいるとか」

「気の毒ですね」

「何だか、とても暗い人で……。お付合も全然しないらしいです。ご主人、きっと奥さんにいやけがさして、他の女性と逃げちゃったんだ、って言ってる人もいます」

「そうですか」

「確か……奈良本さんっていったかしら」

と言って、令子は、「あ、もう降りるんですね」

バスは大多たちの住むB棟の近くに来ていた。

——これが大多と奈良本智子の出会いだった。

「奈良本さんなら、知ってるわ」

と、夕飯を食べながら、妻の由美が言った。

大多歩は、はしを止めて、

「——どうして知ってるんだ」

と訊いた。

「お隣のA棟の人でしょ？」

「ああ」

「同じ〈801〉なの」

大多は、すぐには何のことか分らなかったが、

「つまり——ここがB棟の〈801〉で、向うは

A棟の〈801〉か」

「当り前でしょ」

と、由美は呆れたように、「うちの荷物が二、三回、あちらへ間違って届いたのよ。一度、逆のこともあったかな。宛名、よく見ないで受け取っちゃって」

「名前が違うだろ」

「宅配の人によっちゃ、『801ですね』としか言わない人もいるのよ」

「それじゃ、あの奥さんに会ったことがあるのか」

「ええ。でもよく憶えてないわね。ともかくパッとしない人なの」

「なるほどな」

大多はまた食べ始めた。

「ごちそうさま！」

娘の美穂がさっさと食べ終えて席を立つ。

「ずいぶん早いな」

「見たいTVがあるんでしょ」

と、由美が言った。「小学校だと、『これを見とかないと、話についていけない』ってことがあるらしいわ」

「本当か？」

TVの仕事をしてはいるが、大多自身、「これは絶対見た方がいい」と言いたくなる番組など、ほとんどない。

「――その〈801〉の奈良本って奥さん、旦那に逃げられたって本当か？」

「この辺の人なら、みんな知ってるわ」

と、由美はあっさり言った。「ご飯、もう一杯食べる？」

「いや……。あんまり満腹になると、仕事してて眠くなる」

と、大多は言った。「うんと濃いコーヒーをいれるぞ」

「胃を悪くしないでね」

「プロデューサーってストレスに比べりゃ、コーヒーなんて可愛いもんだ」

由美はコーヒーをあまり飲まないので、コーヒーをいれるのは大多自身だ。

「おい、豆がないぞ」

と、缶を開けて、「この間、まだ少し残ってなかったか?」

「あ、そうだ。――昨日、自治会の役員が四、五人ここに集まったの。あなた、出かけてたわね。一人が『コーヒーがほしい』って言い出して……」

「使っちまったのか? そしたら、ちゃんと買っといてくれよ」

「だって、あなた、好みがうるさいじゃない。今からスーパーで買って来たら? まだ開いてるわよ」

やれやれ……。文句を言っても始まらない。大多は少し迷ったが、今からバスに乗ってスーパーまで行くのも面倒だが……。

「分った。行ってくる」

と、空の缶を戸棚へ戻す。

「スーパーに行くんだったら、ついでに買って来てほしいものがあるの! 待って!」

と、由美が立ち上る。

「おい、そんな……」

由美は手早くメモして、大多へ渡した。

「こんなに?」

「いいでしょ。どうせ行くんだから」

「分ったよ……」

諦めて、大多は出かける仕度をした。スーパーも、今は九時まで開いている。

「愛っていうの」

と、由美が言った。

由美は時々、こういう風に「何の話なのか」言わずに突然話を変えることがある。

「何が愛だって？」

「だから、奈良本さんの所の女の子。今四つだったかしら。愛っていう一文字の名前。――でも、旦那さんが逃げちゃったんだから、皮肉よね」

「そういう言い方は、子供が可哀そうだろ」

と言ったが、応える由美ではない。

「ハチミツは小さいのでいいから」

と、また話がコロリと変った。「――これで足りるでしょ」

五千円札を渡されて、ポケットに入れる。

「行ってくる」

と、大多が玄関へ出て行くと、

「あなたの部屋から見えるわよ」

「――何が？」

「A棟の〈801〉。一度、荷物を届けに行ったとき、玄関からリビングが見えて、ベランダ越しにうちが見えた」

「俺の部屋から見えてるのが〈801〉か」

「そういうこと」

だからといって、どうというわけではないが……。

建物を出てバス停に向うと、ちょうど駅へ行くバスが見えた。少し急いで充分間に合った。

こんな時間に駅へ向う客は少なくて、バスはガラガラだった。

バスはA棟とB棟の間の道を抜けて行く。大多は何となくA棟を窓から見上げた。

〈801〉か。——夫に逃げられた女。

こんなキャラクターも、どこかで使えるかもしれないな、と大多は思った。

バスはカーブで大きく揺れ、駅への広い道に出た……。

3　影

「畜生！」

大多はパソコンの画面をにらみつけた。

そんなことをしても、シナリオが進むわけではないのだが。

大多は立ち上って、部屋の中を歩き回った。コーヒーも、もう三杯飲んでいる。

午前三時を過ぎていた。

夏の終りで、前ほど夜明けは早くないが、それでも四時半ごろには明るくなってくる。

頑張ってはいるのだが、一向に「これ」というアイデアが浮かばないのだ。――こんな時、大多はつくづく普通のサラリーマンや工員の仕事が羨しくなる。

忙しくて徹夜が続くことはあっても、何をやればいいかは分っている。こうして、何も思い付かずにむだな時間を過すことはないだろう。

書いては消し、書いては消し……。

プロデューサーの松村なら、

「何かこう、見ている人間の心をギュッとわしづかみするような」

オープニングを書け、と言うだろう。

「気楽なもんだ、全く」

と、ついグチが出る。

カーテンを開けて外を見る。まだ真暗なのが分ると、少しホッとするのだ。

あれか……。

道路を挟んで、A棟の建物が黒々と見える。どの窓も今は暗い。午前三時に起きているのは俺ぐらいか……。

すると——正面の部屋に明りが点いたのである。

あれは例の〈８０１〉だろう。

カーテンが薄手なのだろう。ポッカリと明るく浮かび上って見える。

そこに人影が映った。右から左へスッと通って行ったのだが、おそらくトイレにでも立ったのだろう。

だが、少しすると人影は戻って来て、チラチラと動き回った。あの奈良本の妻君だろう。亭主が消息不明では、夜中に起き出したくもなるだろうが。

どうやって暮しているのだろう？　由美の話では、ほとんど買物するところも見ないというし、確かにバスで見かけたときのなりも、かなりみすぼらしかった。

「働けばいいのに」

と、由美は言っていたが、それぞれ事情というものがある。

大体、由美自身が働いていないのだから。もちろん、そんなことを言えば、何倍もの勢いで反論してくるに決っているが。

その人影は、部屋の中をウロウロと歩き回っている様子だった。

「まさかシナリオライターじゃないよな」

と、大多は呟いて、「さて、仕事だ」

と、カーテンを閉めようとして、

「——何してるんだ？」

カーテンに映った影は、何やら紐のようなものをいじっている。見ている内、大多の目は段々大きく見開かれて来て、

「おい……。冗談やめろよ。——まさか！」

カーテンには、先を輪にした紐がぶら下って揺

れていたのである。

あの女……。首を吊ろうっていうのか？

大多が見ていると、人の影が何かにのったように高くなった。

「よせ！　――おい、やめろってば！」

ここで叫んでも仕方ない。

ぶら下った輪を手に取って、首にはめる……。

大多は焦って、

「おい！　何とかしろ！」

と、怒鳴ったものの、何しろ周りには誰もいないし、由美は一度眠ったら少々のことでは絶対に起きて来ない。

「えい、畜生！」

放っておくわけにはいかない。

大多は玄関でサンダルをつっかけると、廊下へ飛び出した。


エレベーターが苛々するほどのんびりしているようだ。表へ駆け出すと、道を渡ってA棟へ。エレベーターは幸い一階に停っていた。

八階までが、いやになるくらい長かった。

「〈801〉……。〈801〉だ」

大多は〈801〉のチャイムを思い切り何度も押した。そしてドアを叩くと、

「奈良本さん！　――いますか！」

と、呼びかけた。

返事はなかった。ドアはもちろん鍵がかかっている。すると、隣のドアが開いて、

「何です、こんな夜中に？」

と、パジャマ姿の中年男がムッとした様子で顔を出した。

「すみません！　隣のB棟の者です」

大多が状況を早口で説明すると、

「そりゃいかん。──うちのベランダから。つながってますから」

「なるほど」

大多は、その家へ上ると、眠そうな顔の奥さんに会釈して、ベランダへ出た。隣のベランダとの仕切りは、緊急時に逃げられるように、ベニヤ板である。

「失礼して」

大多はベランダに置いてあった植木鉢をつかむと、仕切り板に叩きつけた。板は呆気ないほど簡単に割れて、ポカッと穴が開いた。

〈801〉のベランダに入る。部屋は明りが点いたままだ。ガラス戸に手をかけると、ロックされていなかった。戸を開けて、カーテンを開けると──。

倒れている椅子。そして首を吊った女の体が揺れている。──遅かったか！

だが、次の瞬間、ロープを掛けた天井の照明用のフックが体重を支え切れずにバリッと音をたててはがれ、女の体は床に落ちてしまったのである。

そして女がもがくように身動きして咳込んだ。

生きてる！

大多はベランダへ出ると、隣家の人へ、

「救急車を呼んで下さい！　まだ生きてます！」

と怒鳴った。

部屋の中に戻ると、アニメキャラのパジャマを着た、小さい女の子がポカンとして立っていた。

「君……愛ちゃんだね」

と、大多は言った。

女の子は、倒れている母親をふしぎそうに眺めて、

「ママ、どうしてこんな所で寝てんの？」

と言った……。

「もの好きね、全く」

と、由美が言った。

「じゃ、放っとけば良かったのか?」

「そうは言ってないわ」

由美はちょっと微笑んで、「偉かったわね」

と言った。

大多はホッとして、

「珍しいこと言うじゃないか」

と、遅い朝食のトーストをパクついた。

「ご近所の奥さんたちに言われたわ。『ご主人、大活躍ね』って」

「たまたま見てただけだ」

大多は肩をすくめた。

奈良本智子(そういう名だと初めて知った)は救急車で近くの病院へ運ばれ、命をとり止めた。

死ぬ気でロープの輪に頭を入れたものの、やはりためらっていたらしい。発見したのがすぐだったので助かったということだった。

自殺を止めたというので、自治会長が礼を言いに来たりして、大多は面食らった。

愛という子は、隣の家で預かってくれているようだ。

「そうそう」

と、由美が皿を洗いながら、「お向いの、ほら、原口さんの奥さん、『さすがはシナリオ書かれる方ね。ドラマチックだわ』ですって」

と笑った。

「ドラマチックか……」

シナリオの方はさっぱり進んでいない。

下手すりゃこっちがクビだが……。

ふと、大多は思った。

ゆうべの出来事、あれをドラマの導入部にするか。

夫に逃げられ、絶望した女。——自殺しかけて救われ、生れ変ったつもりで、新しい人生を歩み出す。

そして、パッとしない地味な女だった彼女が、見違えるように魅力的になって行く……。

夜の団地。サイレンの音が響いて、救急車が駆け抜けて行く。

「よし、これだ!」

「——何か言った?」

「いや……。何でもない」

大多は立ち上ると、「仕事してるからな」

と言って、あわてて仕事部屋へと入って行った。

その翌日、大多は朝十時ごろ家を出た。


二時間ほどしか眠っていなかったが、頭は割合すっきりしていた。ゆうべ一晩かけて、新ドラマの第一回目のシナリオを書き上げたのである。

エレベーターで八階から下りて行くと、途中、三階から小森令子が乗って来た。

「あら、大多さん」

彼女の部屋は、ここの〈305〉だ。

「やあ、おはよう」

と、大多は笑顔を見せた。

「珍しいですね、こんな時間に」

「プロデューサーの都合でね。強い者に合せるしかない。哀しい職業ですよ」

「まあ。——でも、とっても明るい顔をしてるわ」

「そうですか? ゆうべ、シナリオがはかどりましてね」

と、大多は手にした大判の封筒を、ちょっと持ち上げて見せた。「それより、小森さんは、いつもより遅いでしょ」

「ええ。直接ホテルで仕事の相手と会うので。二時間も遅いと楽ですね」

二人はB棟を出て、バス停に向った。

「――そうそう。あの奈良本さんの命を救ったんですってね！　大評判ですよ」

「いや、偶然ですよ」

とは言いながら、大多は駅までのバスの中で、自殺しようとした奈良本智子を助けたいきさつを話した。

「素晴らしいわ。夜中に仕事してらしたからこそね」

「なるほど。そんなこと、考えなかったな」

と、大多は笑って言った。「夜昼逆の、不健康な仕事だと思ってましたがね。そのせいで人助けか。面白いもんですな」

朝から、こんな風に明るくおしゃべりをして笑っていられる自分に、大多はびっくりしていた。

今日はいい一日になりそうな、そんな予感があった……。

4　白か黒か

「どこに行くんです？」

　大多は、プロデューサーの松村について歩きながら、もう同じことを三回も訊いていた。

　しかし、相変らず松村は答えない。

　待ち合せはこのホテルのラウンジだったのだが、松村はそこで大多の書いて来たシナリオを読むと、すぐ立ち上って、

「ついて来てくれ」

　と、さっさとラウンジを出た。

　そして――エレベーターで客室フロアに上ると、廊下をどんどん奥へと進んで行ったのである。大多が、

「松村さん――」

　と言いかけると、松村はピタリと足を止めて、目の前のドアをノックした。

　すぐにドアが開いて、松村と大多は中へ入ったのだが……。

　ゆったりとしたスイートルームで、カーテンは閉っていて、明りが点いている。

「これがライターの大多です」

　と、松村が紹介した相手は、ダブルのスーツを着た、ビジネスマン風の男だった。
　三十五、六というところか。
「よろしく」

　と、大多の方へ軽く会釈して、「野添あやめのマネージャー、河原です」

「はあ。どうも」

「少しお待ちを」

　と言われても、事情が分らないのは同じだ。

誰も座らないので、仕方なく立っていたが――。

数分して、奥のベッドルームのドアが開いた。

大多はびっくりした。シルクのガウンをはおった野添あやめ当人が現われたのである。

「ゆうべ遅かったんで、ここに泊ったの」

と、いつもＴＶで聞いている、少し鼻にかかった低めの声が言った。

「一回目のシナリオ、上ったの？」

と、野添あやめはマネージャーの河原に訊いた。

「こちらです」

と、松村が差し出した原稿を、スターは受け取って、ソファにかけると、

「座ってらして」

と促した。

目の前で読まれるのか。――大多は胃が痛くなった。


野添あやめは、テーブルのメガネを取ってかけると、脚を組んで、原稿を読み始めた。

ガウンの裾が割れて、白い脚がまぶしく光った。

野添あやめは意外なほどていねいに、ゆっくりと目を通して行った。

むろん、大多も緊張していたが、松村はさらに上を行っていたようで、ハンカチで汗を拭いていた。

途中、沈黙に耐え切れなくなったらしく、松村は、

「これはあくまで第一稿で……」

と言って、河原から手ぶりで止められた。

そして――ずいぶんかかったような気がしたが、実際には十五分くらいのものだろう。

読み終ると、野添あやめはメガネを外したが、しばらく無言だった。

「この大多は、ちょっと昔風の職人タイプでして」

　と、松村が口を開いた。「今のドラマのトレンドには、ちょっとふさわしくないというか……」

　大多は松村をにらんだが、松村は構わず、

「野添さんのような美しい方に、夫に逃げられた女なんて、とても似合うわけがないと私も思ったんですが……」

　何だ、勝手に！　大多は松村をけとばしてやろうと体の向きを変えた。その時、

「いいじゃない、この脚本《ほん》」

　と、野添あやめが言ったのである。

　少し沈黙があった。

「――そうですか！　いや、お気に召していただけるんじゃないかと思ってたんです！」

　と、松村が笑顔になった。

「導入部もいいわ。夜中の団地を走る救急車。絵になるわよ」

「そうですね。まあ、ハッとさせる導入部で視聴者をつかむという点では、大多はやはりベテランですから……」

　ここまで来ると、腹も立たない。

「これでいいわ。このまま決定稿でいいんじゃない？」

　野添あやめの言葉に、大多の方が焦った。

「いや、それはまだ……。プロデューサーとディレクターの目を通してから、手直しはあると思います」

　と、大多は言った。「何か気になるところがあればおっしゃって下さい」

　スターは、少し暗めの眼を大多へ向けて、

「大多さん？」

「はあ」

「この後もよろしくね」

「どうも……。こちらこそ」

「あなたの書きたいように書いて。私がどう思うかなんて、気にしなくていいから」

「はあ……」

「私は女優。役に合せるのが私の仕事よ。私に合せる必要はないわ」

「分りました」

野添あやめは、原稿を河原に渡して、

「コピーを一部取って、フロントに預けておいて」

と言った。「ご苦労さまでした」

大多と松村は立ち上って一礼した。

部屋を出ようとすると、

「大多さん」

と、野添あやめが呼び止めた。「後で何か思い付いて連絡するかもしれないから、あなたのケータイ番号、この人に教えておいて」

「はい。——では」

大多は河原へ伝えて、それから廊下へ出た。

河原も一緒に出て来て、

「フロントでコピーしてもらう間、待っていて下さい」

「分りました」

松村は上機嫌だ。

下のラウンジで、二人は汗を拭った。

「いや、あそこまで言ってくれるとはな」

と、松村が言った。

「そうだな」

「頑張れよ！　売れっ子になるチャンスだぞ」

と、松村は言って、「しかし、まあスターは気紛れだからな。明日になったらコロッと変ってるかも……」

「分ってるさ、それくらい」

と、大多は言った。

少しして、河原がやって来ると、

「原稿、お返しします。すぐ印刷して下さい」

「承知しています」

「では、私はこれで」

河原がホテルを出て行く。

「——彼女、誰か男と待ち合せかな」

と、松村が言った。

「野添あやめが？　あんまり噂は聞かないけどな」

三十二歳で独身。恋人がいない方がふしぎだ。

松村はタクシーですぐＴＶ局へ向った。大多は、やや安堵の気分で、

「映画でも見て帰るか……」

と、ホテルを出て歩き出した。

ケータイが鳴る。——誰だろう？　見知らぬ番号だ。

「大多です」

と、出てみると、

「野添あやめです」

と、あの声が言った。「今、どこに？」

まさか、ね……。

ドアが開くのを待っている間、大多は、映画などでよくある場面——スターの火遊びの相手をさせられる自分を想像していた。

ドアが開くと、野添あやめが立っていた。ただし、きちんとスーツを着込んでいる。

「ごめんなさい、呼び戻して」

「いえ、別に……」

スイートルームの中に入ると、さっきはなかったルームサービスのワゴンが置かれていた。

「サンドイッチを取ったの。一緒につままない？　コーヒーも、カップ二つあるわ」

「はあ……」

わけが分らないまま、大多は椅子にかけて、サンドイッチをつまんだ。

野添あやめと二人で、ホテルのスイートルームで向い合ってサンドイッチを食べる。——当惑するしかない光景だった。

すると——野添あやめが笑い出したのである。

それはまるで女学生のような、弾ける笑いだった。

「そんな……鳩が豆鉄砲くらったような顔しないでよ」

「いやしかし……」

「分らないわよね、そりゃあ。二十年以上前の話だもの」

「え？」

「私は十歳だった。小学生で、あなたは二十七、八だったかしら。長野のスキー場で、あなたはスキーのコーチをしてた。私はスキーなんて初めてで、でも両親は自分たちが遊びたいものだから、丸々五日間、私をあなたに押し付けた」

大多はコーヒーカップを持ったまま、じっと目の前のスターの顔を見つめていた。

「スキーのコーチっていうより、子守りだったから、あなたは面白くなさそうに、仏頂面してたわ。でも、一度、コースを外れて、私が止まらなくなって、斜面へ突っ込みそうになったとき、あなたは追いかけて来て抱き止めようとした……」

「ああ！」

と、思わず声を上げた。「あの時の……。二人で雪ダルマみたいになって転り落ちた……。そうか！　あやめちゃんだ！」

「思い出してくれた？」

「憶えてるさ。しかし――今の君を見ても、とても分らない」

「そうでしょうね。でもあなたは面影あるわ。太ったし、髪も白くなってるけどね」

「まあ……五十だからね」

「大多歩って名前を憶えてたの。シナリオライターで同じ名の人がいる、と思って、調べてみたら、あなただった」

「そうか……。二十二年前……かな」

「ええ」

と、あやめは微笑んで、「いつかあなたのシナリオでドラマをやりたかった。でも、そこまで自由はきかないの。それが今度……。嬉しかったわ、名前を聞いた時」

「ありがとう……。いや……こんな口きいていいのかな」

「もちろんよ。まあ、他の人の前ではやめておいた方がいいかもしれないけど」

「うん。妙に勘ぐられてもね」

大多は、ともかくコーヒーを飲んで、息をつくと、「しかし……大したもんだね。今や大スターだ」

「そんなこと言わないで」

と、あやめはちょっと目を伏せて首を振ると、

「色々あったのよ。マスコミは知らないけど」

「そうか」

「あなたは――結婚してるんでしょ？」

あやめの目が、大多の左手のリングに向いてい

た。

「うん。女房は由美といって、四十六だ。八つの女の子がいるよ」

「可愛いでしょうね」

「まあ……父親がこんな仕事をしてて、年中家にいるし、夜中に酔って帰ったり、夕方まで寝てたり……。何だか最近は冷《さ》めた目で僕を見てるよ」

　あやめは少しの間、黙って大多を見ていたが――。

「もう行かなきゃ。約束があるの」

　と、サンドイッチを一切れ、口へ入れた。

「ごちそうになっていいのかな、こんな……」

「そんなこと……。お返しよ」

「お返し?」

「オムライスのね」

　と言うと、あやめはバッグを手にして、「残ったサンドイッチ、良かったら食べて行って。もうこの部屋の支払いも済んでるから」

　と、手を振って出て行ってしまった。

　半分ほど残ったサンドイッチの皿とコーヒーを見ながら、大多はやっぱり「これって現実か?」と自問していた。

　そして、

「もったいないな……」

　と呟くと、残ったサンドイッチをつまんだ。

　しかし――あの小学生が、野添あやめとは!

　スキー場に隣接するホテルのスイートルームに十日近くも泊り、いかにも今風の言い方なら「セレブ」という様子の両親だった。派手好きというか、スキーウェアもいかにも人目につくもので、ホテルのロビーで知人に会うと、大げさに声を上げて、外国風に抱き合ってみたり……。

そう。何だか、見ている方が恥ずかしくなる光景だった。

大多はふと思い出した。

スキーのレッスンを終えて、あやめを連れてホテルのロビーに入って行くと、母親がたまたま出会った芸能人を相手に、ロビー中に響くような大声で話をしていた。それを見ていたあやめは、眉をひそめ、この場から消えてしまいたい、という顔をしていたものだ……。

「色々あったの」

と、あやめは言っていたが……。

まあ、こちらの気にすることではない。ともかく、早速第二回の原稿に取りかからなくては。

「――オムライス?」

大多は、あやめが出て行くときに言ったのを思い出した。

そうだった。

二人で雪まみれになって、その後レストランであの子はオムライスを食べていた。

それにしても、そんなことまで憶えていたのか……。

5　目覚め

「お父さんがシナリオ書くの?」

と、娘の美穂が、製本された第一回の〈決定稿〉を手にして言った。

「ああ、そうさ」

と、大多はお茶を一口飲んで、「主役は野添あやめだぞ」

「へえ!」

まだ八歳とはいえ、TVでよく見るスターのことは知っている。そのスターの出るドラマのシナリオを、父親が書くのだと聞いて、いささか父親を見る目が変ったようだった。

「ご飯よ。座って」

と、由美が鍋を運んで来るとテーブルに置いた。

「美穂、手洗った?」

「うん」

「本当? その本、触ったんでしょ。もう一度洗ってらっしゃい」

「おい、別に汚れてないぞ」

「まあいいわ」

全く……。由美はやたらきれい好きなのだ。

大多は、シナリオが順調に進んでいて、食欲もあった。——まあ、現実には第一回目の視聴率で色々変ってくるが、やはり今一番の人気者の主演ということで、TV局のPR態勢も半端ではない。

こんな気分を味わうのは久しぶりだった。

——野添あやめとサンドイッチをつまんだあの日から一週間たっていた。

大多は、由美に、

「野添あやめに会ったんだ」

と話したが、二十年も前に会っていたということは言わなかった。

別に隠すほどのことでもないが、由美の口から方々へ話が広まると、どこでどう話が作られてしまうか分らない。

「おっと……」

ケータイの着信音が聞こえた。立って行って、居間のテーブルに置いてあったケータイを取り上げる。プロデューサーの松村からだった。

「明日の午後三時に、A会館へ来てくれ」

「いきなり何です？」

「今度の〈ヒロイン〉の制作発表がある」

〈ヒロイン〉は今度のドラマのタイトルだ。しかし、制作発表は普通出演者だけで、シナリオライターは一流どころでなければ出席しない。

「見に行けばいいんですか」

「あんたも並ぶんだよ、発表の席に」

「僕も？」

「野添あやめのマネージャーから言って来た。ぜひ出席してほしい、ってさ」

「分りました」

「じゃ、三時だ」

必要なことだけ言って切ってしまう。TV人は自分中心なのだ。

「やれやれ……」

制作発表か。――何を着て行くかな。

食卓に戻ろうとすると、居間の電話が鳴り出した。

「学校の連絡かしら。あなた、出て」

と、由美が言った。

近くにいるので仕方ない。大多は受話器を上げた。

「大多ですが」

「ああ……。どうも」

男の声だ。

「どなたですか?」

「この度は女房がお世話になって」

「はあ?」

「女房の命を助けていただいたそうで……」

大多は面食らって、

「じゃ——奈良本さんですか?」

しかし、電話はそれで切れてしまった……。

食事の席に戻ると、

「電話、誰から?」

と、由美が訊いた。

「うん? ああ……。間違いだろ」

奈良本智子の夫からだった、とは言わなかった。

本当にそうかどうか分らなかったし、もし夫だったとしても、何の用でかけて来たか、何も言わなかった。

まあいい。——もし何か用があるのなら、またかけて来るだろう。

「さあ、食べるか」

鍋はまだ熱く煮立っている。

「美穂、熱いからお皿に取ってあげるわね」

と、由美は言った。「——あなた、明日出かける?」

「ああ。——今、プロデューサーからケータイにかかって来た。明日の三時に制作発表があって、出席しろってさ」

「それ、なあに?」

と、美穂が訊く。

「うん……。今度のドラマのPRっていうかな。『こういうドラマを作ります』って、TV局や週刊誌に発表するんだ」

「お父さんもTVに出るの？」

「さあ……。普通は主役のスターだけだ。並んで座ってりゃ、チラッと画面には見えるかもしれないけどな」

「じゃあ、野添あやめも来るの？」

「そりゃ主役だからな。彼女の予定に合せて日時を決めてるのさ」

「サイン、もらって！」

「おい、お前が野添あやめのサインもらってどうするんだ」

と、大多は笑って言った。

「先生がファンなの」

「先生？　学校の？」

「うん。職員室の机に、写真が飾ってある」

「やれやれ……。大丈夫か、お前の学校？」


と、大多はつい言っていた……。

二時半には、A会館に着いていた。

結婚式や宴会専用の場所だが、この不景気の中、楽ではあるまい。

「俺が心配することじゃないな」

と、大多は呟いた。

ロビーには、大多も顔を知っているTVの芸能リポーターや記者が何人か立ち話をしていた。

「ええと……会場は……」

〈本日の催事〉という表示を見て、〈Mテレビ《ヒロイン》制作発表〉会場が五階と知った。当然、控室も取ってあるだろう。

むろん、それは野添あやめのようなスターのための控室である。あやめの他にも、共演するスターの一人二人は来ているだろう。

少し迷ったが、ともかく五階に上ってみることにした。会場の様子も見ておきたかったのだ。

エレベーターを五階で降りると、すぐ目の前に、制作発表の受付ができていた。

会場をちらっと覗いてみると、かなりの広さで、正面の奥に制作側の席ができている。会場はもう半分近い席が埋っていた。

「大したもんだ……」

野添あやめの力だろう。

「――大多さん」

と呼ばれて振り向くと、あやめのマネージャー、河原が立っていた。

「あ、どうも」

「控室へどうぞ。あやめさんがお待ちです」

「僕を？　分りました」

少し胸がときめいた。

いや、これは「仕事」なのだ。大スターの野添あやめと、個人的に付合うわけではない、と自分に言い聞かせた。

〈控室〉と札の立っているドアを開けると、奥のソファから、あやめが手を振った。

「来てくれたのね！」

と、嬉しそうに立ち上る。

「ああ……。一人？」

「一人にしてくれって言ったの」

と、あやめは微笑んで、「もちろん、あなたは別よ」

「ありがたいけど……。何だか落ちつかないな」

「堂々としてて。これはあなたの作品なのよ」

「しかし、君の人気あってのドラマだよ」

ともかくソファに腰をおろす。

「人気なんて、儚いわ。知ってるでしょ？」

「まあね。でも、シナリオライターの方が、もっと儚いよ」

あやめは愉快そうに笑って、

「昔から、そんなに控えめな人だった？」

「まあ、売れっ子と言いかねるシナリオライターを何十年かやってみれば、当然の結果さ」

と、大多は肩をすくめた。

「でも、今度のドラマはいいわ。きっと評判になる」

「そう願うね。——君のためにも」

「ええ。二人のためにも」

あやめがじっと大多を見つめる。その視線は、誤解しようのないものだった。

だめだ。俺はスターとの不倫など似合わない男だ。

そこへドアが開いて、

「やあ、早いな」

と、松村が入って来た。

フラッシュがまぶしく光る。

あやめの後ろの席に座って、大多はいささかあがっていた。

大多にも「ひと言」話す役が回って来て、しどろもどろになりながら、

「野添あやめさんとファンの方々に喜んでいただける作品にしたい……」

とか、当り前のことを言った。

集まったリポーターや記者から質問を受けることになり、やはり質問はあやめに集中した。

「ではそろそろ……」

と、司会者が言いかけたとき、

「あと一つ」

と、女性のＴＶリポーターが手を上げた。

「どうぞ」

「大多さんに伺いたいんですが」

と、マイクを手に立ち上った女性リポーターに言われて、大多はびっくりした。

何だ。一体？

「今回のドラマの一回目冒頭をさっき見せていただきましたが、夫に逃げられた女性が自殺しかけるのを、隣の棟の住人が救うという話。これは大多さんの本当の体験だと聞きました。本当ですか？」

大多は絶句した。

一体どこで話を聞いたのだろう？

「いかがですか？」

重ねて訊かれ、大多は作り話をする余裕もなく、「事実です」

と、答えていた。

場内がざわつく。

「詳しく聞かせて下さい」

と、リポーターに言われて、大多は仕方なくあの夜のことを話した。

むろん、脚色せずに、だ。

会見で、予想外の話が出ることは珍しい。記者もせっせとメモを取っていた。

話が終ると、あやめが、振り向いて大多の方へ拍手した。

会場内に広まる拍手。

大多は、何となく照れくさくて、早くこの話が終ってほしい、と思った。

「——失礼します」

さっきの女性リポーターが、また立って、「実は私、大多さんと同じ団地にいるんです」

そうか！　大多はやっと納得した。

「大多さんが命を救った方は、奈良本智子さんとおっしゃるんですね」

「よくご存知で」

「ほら。今ここにみえています」

「――は？」

「どうぞ、花束を」

リポーターの隣の女性が立ち上った。

そして大多の方へと花束を手にやって来たのだ。

――本当にこの女性が？

奈良本智子は、きちんとしたスーツ姿で、髪もセットしていた。大多は、きれいに化粧した智子を見て、

「見違えました……」

と、小声で言った。

「ありがとうございました」

と、奈良本智子がそう言って、花束を差し出した。

「どうも……」

「娘のためにも、頑張ります」

「そうして下さい」

と言って、大多はゆうべ「智子の夫らしい男」から電話があったことを思い出した。言うべきだろうか？

しかし、そんな話をする状況ではなかったのだ。

拍手が盛り上り、智子は席に戻った。

「きれいな人ね」

と、あやめがそっと言った。

きれい？　そんなこと考えてもみなかった。

制作発表は無事に終って、あやめや共演者三人は控室に戻って行った。

大多は汗を拭った。――思いがけない展開だ。

「おい」

と、松村が肩を叩いて、「いい話題作りになった」

「だけど……」

「どうかしたのか?」

「いや、あの女性は追い回されたくないだろうと思ってさ」

と、大多は言った。「もちろん、みんな、すぐ忘れられちまうだろうけどな」

「どうかな」

「どうかな、って?」

「あの女性——奈良本っていったか? 今日の出席は当人の希望だそうだ」

「本当か?」

大多の目に、会場を出て行く奈良本智子の姿が映った。

ちょうど振り向くと、智子は大多の方へ一礼して出て行った。

良かった。——あれなら、もう死のうとはしないだろう。

「帰ってシナリオを書くよ」

と、大多は言った。「野添さんによろしく」

「分った」

大多は、あやめにいささか心が残るのを覚えながら、会場を出た。

「あ、忘れた」

美穂に頼まれたあやめのサイン。

少し迷って、大多はあやめともう一度会う口実ができて、楽しく控室へと向ったのだった……。

6　上り坂

「これは、大多先生」

と、いかにも「お世辞」という口調で、「もしお時間がございましたら、ぜひ二十分ほど――いえ、十分でも結構ですが、お目にかかれないでしょうか」

その電話を思い出すと、大多は苦笑してしまうのだ。

「大多先生か……」

ホテルの庭園を見下ろすラウンジで、大多はコーヒーを飲んでいた。

秋になって、大分日が短くなった。庭園に赤い夕陽が射している。

「面白いわよ、あれ」

と、女同士の会話が耳に入ってくる。

「ねえ！　私も見てる。野添あやめが凄くきれいね」

「輝いてるわね。スターって感じ」

――おやおや。

〈ヒロイン〉の話題だ。大多はちょっと照れながらも嬉しかった。

〈ヒロイン〉は好調な視聴率を上げて、第三回まで来ていた。初回放送の日は、久々に胃が痛かったものだ。

評判もよく、大多はホッとした。

もちろん、野添あやめの人気が第一の理由であることは百も承知で、みんな、

「いや、シナリオがいいんですよ」

と、大多には言ってくれる。

やはり、ほめられれば悪い気はしない。

本当に、これまでひどいときは、「大多」と呼び捨てにしていた業界人が、「大多先生」と呼んだりするのだ。それで舞い上るほど若くないが、楽しんではいる。

大多は腕時計を見た。

少し早く来てしまったので、約束の時間まであと数分ある。

コーヒーのお代りでももらうか、と周囲を見回していると、女性が一人、すぐそばで足を止めた。

「大多さん」

「え？」

その顔を見て、大多は一瞬戸惑った。――誰だっけ？

しかし、さすがにすぐに分った。

「これは……。奈良本さんですね」

奈良本智子だったのである。

「その節はどうも」

と、微笑んで、「お一人ですか」

「仕事の打合せで、相手を待ってるところです」

と、大多は言った。「よかったら、どうぞ」

「じゃ、その方がみえるまで」

と、智子は向いの席に腰をおろした。

改めて大多はびっくりしていた。

「記者会見のとき以来ですね」

と、大多は言った。「しかし、とてもお元気そうで、良かった」

元気というだけではない。今の智子は活き活きとして、美しかった。

「大多さんのおかげです」

「いや、そう言われると……。愛ちゃんは元気にしていますか」

「はい、今日は幼稚園のお友だちの家に」

「そうですか」

「今思うと、あのころは何をしてたんだろう、ってふしぎです。自分の力で生きて行くなんて、考えもしなかったんです」

「しかし今は——」

「知り合いの方のつてを頼って、アクセサリーのお店で働いています。親子二人だけなら、何とか食べて行くぐらいは……」

「その——いなくなったご主人からは何とも?」

「ええ。どこでどうしているのか……」

と、肩をすくめる。

大多は少し迷ったが、

「実は、奥さん——」

「そんな風に呼ばないで下さい」

と、智子は遮って、「あの男の妻だとはもう思っていません」

その口調の強さに大多はややたじろいだ。

「——で、何でしょう?」

「いや、奥さん——智子さん」

と、言い直して、「あの記者会見の前の日ですが、うちに電話が」

「といいますと?」

「いや、男の人からで、『家内の命を救ってくれてありがとう』とか……」

智子はそれほどびっくりした風でもなく、

「じゃ、主人からだったんですか?」

「分りません。それだけ言ったら切ってしまったんです。ご主人の声も知りませんし」

「そうですか……」

智子は、まるで他人の噂でも聞いているかのように肯いて、「どっちでも構いませんわ」

「というと?」

「あの人だとしても、もう戻ってほしいとは思っていませんし、今、私は充分幸せですから」

智子はきっぱりと言った。そしてちょっと笑うと、

「まるで、あなたのドラマのヒロインみたいでしょ？」

「確かに」

と、大多も微笑んで、「あなたはドラマを先取りしているみたいですね」

ドラマの第一回目の冒頭で自殺しかけて助けられたヒロイン——むろん、野添あやめが演じている——は、第二回目までは悩み苦しんでいたが、第三回目では夫のことを忘れて新しい人生に踏み出しているのである。

「あの後、しおりはどうなりますの？」

と、智子が訊いた。

「しおり」は、ドラマ〈ヒロイン〉であやめが演じている主人公の名前だ。渕本しおり。

「当分は、新しい人生をエンジョイする予定です。まあ、それだけじゃドラマにならないので、新しい恋人ができたり、娘が病気になったり……」

「子供をいじめないで下さい」

と、智子は身をのり出した。「子供を辛い目にあわせるのはいやです。大人の都合で、もう充分傷ついているんですから」

そう言われて、大多はハッとした。——ドラマの渕本しおりには六歳の娘、ゆいがいる。達者な子役で、あやめとも気が合っていた。

そうだ。ドラマの展開のために、子供を事故にあわせたり、重い病気にさせるのは、シナリオライターの腕のなさを告白しているのも同じだ。

「いや、いいことをおっしゃっていただいて、あ

りがとう」

と、大多は言った。「僕は、どうせ架空のキャラクターなんだから、どうしたっていいと思っていた。しかし、実際に子を持つお母さんの身になれば……」

「特に、母親が働いているから子供が可哀そうな目にあった、というのは……。見ていて辛くなります」

「分りました。あのゆいちゃんを辛い目にあわせないようにしますよ」

「すみません、素人がこんな口出しを……」

「いや、言っていただいて良かった」

「そうでしょうか。——もちろん、私も愛にとっていい母親かどうか分りませんけど、精一杯の愛情は注いでいるつもりです」

「もちろんですよ。愛ちゃんだって、ちゃんと分ってくれます」

「だといいんですけど……」

そのとき、ラウンジへ、見覚えのある、頭の禿げ上った男が入って来るのが見えた。

大多がそっちへ目をやったので、智子は気付いたようで、

「じゃ、私はこれで」

「ええ、またお会いできると……」

「いつでも、こちらへ」

智子はバッグから名刺を出して、「ケータイの番号も書いてあるので」

「どうも……」

「失礼します」

智子がラウンジを出て行き、大多の待ち合せた相手とすれ違った。

「やあ、どうも！」

八木というこの男は、TV局の下請けでドラマを制作している〈八木プロ〉の社長である。声が大きいので、他の客がびっくりして見ている。

八木はどう見ても十代の女の子を連れていた。

ひとしきり、挨拶とお世辞をくり返してから、やっと飲物を注文して、苛々していたウエイトレスをホッとさせた。

「大多先生、今のは――」

「八木さん。『先生』はやめましょうよ。こっちが恥ずかしくなる」

「分りました」

と、八木が笑って、「では、大多さん。今出て行った女性、〈ヒロイン〉のモデルになった人ですね」

「モデルというわけじゃありませんがね」

「しかし、なかなかきれいな人だ。ご主人に捨てられるように見えませんね」

「別人のように元気になったんですよ」

「そうですか！　いや、女性は変りますな。あ、ところでこの子ですが」

と、それまで無言で座っていた少女の方を見て、

「今度うちが力を入れて売り出す子で、正木ユミカといいます」

「よろしくお願いします」

と、頭を下げたのは、確かにちょっと可愛いが、まだまだ垢抜けない女の子。

「今、いくつ？」

と、大多は訊いた。

「十六です」

「十六か！　いや、初々しいね」

「どうぞ、大多さんのドラマで使ってやって下さいよ」

と、八木が言った。

「それはプロデューサーの権限だよ。僕にキャスティングなんかできない」

「いやいや、今度のヒットで、大多さんには仕事が次々に舞い込みますよ。今のドラマは難しいかもしれませんが、他のドラマででもぜひ」

「そうですね。――まあ、憶えておきますよ」

と、大多は言った。


ずいぶん若い子だったわ。

奈良本智子は、ホテルを出て地下鉄の駅へと向いながら思った。

大多が待ち合せていたのは、男の方だろう。女の子はたぶん「タレントの卵」というところか。

智子の顔にフッと奇妙な表情が浮んだ。

大多さんったら、――主人からの電話ですって?

「そんな」

と、智子は呟いた。「そんなわけないわ」

そんなこと、あるはずがない。

あの人は、私が殺したんだもの。

電話なんかかけてくるはずがない。

「そんなわけないわ……」

智子はもう一度呟いて、地下鉄の駅へと階段を下りて行った……。


「ユミカをどうぞよろしく」

別れぎわまで、八木はその十六歳の新人を大多に売り込んでいた。

確かに、「磨けば光る」かもしれないものを持ってはいたが、あれくらいの女の子はいくらでもいる。

大多はラウンジを出て、

「映画でも見て行くかな」

と呟いた。

そこへ、ケータイが鳴って、

「――もしもし」

「松村だ」

Mテレビのプロデューサーである。「良かった！　今、どこだ？」

「今？　Kホテルだよ」

「じゃ、すぐスタジオへ来てくれ」

「何かあったのか」

「うん。まあ……来てから話す」

松村の口調は、いつもトラブルに出くわしたときとは微妙に違っていた。

何ごとだろう？

ともかく、行かないわけにもいかず、大多はタクシーでスタジオへ向った。


局のスタジオは郊外で遠い。〈ヒロイン〉の収録は都内の貸スタジオで行われていた。

連続ドラマの場合、スタジオの使用料はかなり高い。ドラマ全体を通して使う、主人公の家の居間とか、勤め先のセットなどは収録の期間中、ずっと置いておかなくてはならないのだ。

そういう経費をいかに安く上げるか、プロデューサーも頭が痛いだろう。もっとも、それは制作会社のプロデューサーの話で、松村のようなTV局のプロデューサーは呑気である。

十分ほどでスタジオに着いた。

ロビーに入ると、松村が待っていた。

「どうしたんだ？」

と、大多は言った。

〈ヒロイン〉が当ってから、年上の大多は松村と対等な口をきくようになったのである。

「うん……。ちょっと相談だ」

ロビーの椅子にかけると、松村は、「今日、梨奈の初日なんだ」

「ああ、そうだっけ」

梨奈は今十八歳のアイドル歌手だ。実はもう二十歳だという話もあるが、シナリオライターの知ったことではない。

大多としては、梨奈が人気はあるものの、ドラマで大きな役をやったことがないことの方が気になっていた。演技力という面ではまず当てにできない。

野添あやめの演じる渕本しおりの従妹という役で、そう難しい芝居は必要ないはずだ。

「それで？　NG続出か」

「それならいいんだ。いや、良かないけど。それ以前だ」

「何だ？」

松村はため息をついて、

「梨奈は妊娠してる」

と言った。

大多もさすがに絶句した。

「――スタジオ入りしても、具合が悪くて、ほとんど寝てるんだ。マネージャーを問い詰めたら、やっと、つわりだと……」

「俺はそこまで知らないよ」

「分ってる。――野添あやめも呆れてた。それなら降板しろと」

「そうだな。しかし、どうするんだ」

「誰か代りを見付ける」

「今から？　スケジュールが……」

「何とかするさ」

松村が、このトラブルにそれほど渋い顔をしていないのは、梨奈の事務所が大手で、収録のスケジュールをかなり無理に合せなくてはならなかったからだ。梨奈が外れても、理由が理由だから、事務所の方も文句は言えない。

「あやめ中心に、スケジュールをもう一度組み直してみる。代役は、新人で探すよ」

「いきなり？　見付かるか？」

「新人なら、こっちの立てたスケジュールで使えるだろ」

「ギャラも安くてすむ、か」

「そいつは局の知ったことじゃない」

大多は肩をすくめて、

「で、俺に何をしろって言うんだ」

「梨奈の役の出番を二回くらい遅らせてくれ。できるだろ？」

「しかし……。しおりが別荘を訪ねるシーンは遅らせるわけにいかない」

と、大多は言った。「従妹がそこにいないってことは……。海外留学でもさせとくか」

「いいね！　それで行こう」

「じゃ、今日は……。そうか、『娘は今アメリカに留学しています』ってセリフを付け足せばいいんだな」

「ああ！　それじゃ早速やろう」

貸スタジオは広くて、他のドラマの収録も行われている。

〈ヒロイン〉のスタジオへと廊下を辿って行くと——向うから、ブレザーを着たアイドル梨奈がマネージャーとやって来た。

「どうも……」

と、梨奈が会釈する。

目を伏せているのは、自分がスタッフ、キャストに迷惑をかけたと分っているからだろう。もちろん、せっかくつかんだ役を人に譲らなければならない悔しさもあろう。

　松村は、梨奈をほとんど無視して、チラッと横目で見ただけだった。

　松村の後ろを歩いていた大多は、すれ違おうとする梨奈に、

「体に気を付けてね」

と、声をかけた。

　梨奈がちょっとびっくりしたように足を止めると、大多を見た。

「聞いたよ」

と、大多は言った。「またチャンスは来るよ。今は体を大切に」

　梨奈はもともと少し大人びた印象の子だが、今は妊娠していると聞いているせいか、なおさら「少女」より「女」に見える。

「――ありがとうございます」

と言うと、梨奈の両眼から大粒の涙が落ちた。

「行くぞ」

　付き添っているマネージャーは面白くなさそうに、梨奈を促した。大方、事務所の社長に怒鳴られているのだろう。

　梨奈は行きかけて、

「大多さん」

と、振り返った。「代りの子、見付かりそうですか」

「さあ、どうかな。まだ何とも分らないよ。しかし、プロデューサーが何とかするさ」

「いい子を見付けて下さい」

「ああ」

　梨奈はもう一度頭を下げて、マネージャーの後

をついて行った。

松村は足を止めて待っていたが、

「やさしいな」

と、冷やかすように言った。

「あのマネージャー、ちっとも梨奈のことを心配してないな。マネージャー失格だ。こういうときにかばってやらないでどうするんだ?」

と、大多は腹を立てて言った。

「さ、行こうぜ」

と、松村が大多の肩を叩いて言った。

7　影のように

「こんな時間になっちゃった」

と、野添あやめが言った。「みんな、ご苦労さまでした」

この日、スタジオでの収録が終ったのは、TV業界用語で二十七時。つまり午前三時だった。

「お疲れさま」

という声が飛び交う。

「明日ですが、午前八時の予定でしたけど、こちらで調整の結果、十一時からになりました」

と、プロデューサーが大声で告げると、

「やった！」

「万歳！」

「当り前だよな」

と、色々な声が上った。

確かに、初めは梨奈の降板がきっかけで遅れたのだが、他にも色々重なった。何か起るときはこんなものだ。

「また明日、頑張りましょうね！」

と、あやめが言った。

主役は、現場の空気を作る役目がある。どんな事情で遅れたにしろ、文句を言ったり投げやりな芝居をしたりすると、スタッフ、キャストの全員がやる気を失う。

主役はどんなに疲れていても、明るく見せていなければならないのだ。

「――お疲れ」

と、大多が言うと、

「まあ！　ずっと残ってたの？」

あやめはびっくりして、「そうか。シナリオの直しがあったものね」

「いいですよ。遅く帰るなんて、珍しくない」

「ありがとう。——梨奈ちゃんも可哀そうだったわね」

「腹は立たない？」

「そりゃあ、いくらかはね。でも——」

と、あやめは肩をすくめた。「芸能界はいつでも明日はわが身ですもの」

「そうだね」

周囲に人がいなくなりつつあったので、大多は気楽な口をきいた。

「——ね、何か食べて帰らない？」

と、あやめが言った。

「こんな時間に？　——まあ、確かに腹は減ってるけど」

「じゃ、付合って」

と、あやめは楽しそうに言った。

——TV局のある辺りには、深夜も開いている店があるものだ。

大多は、あやめと二人、イタリア料理の店に入った。

「大丈夫なのか？」

と、大多が訊いたのは、明日の仕事のことだったが、

「私と一緒じゃ気詰《きづま》り？」

「そういうことじゃないよ」

男と二人で食事すれば、すぐ「怪しい」と言われる世界である。

「いいの。却って、堂々としてる方が」

と言って、ワインを飲む。

「親子に見えるかな」

と、大多もシャンパンを口にした。

食事をしていると、

「ちょっと！　――誰か！」

と、女の声が上った。

声の方を見ると、太った背広姿の男が倒れて床へずり落ちそうになっている。

一緒にいる女の子が、びっくりして店の人を呼んだらしいが……。

「あの子……」

見たことがあった。――八木が連れていた、女の子だ。

「すみません、急に倒れちゃって……」

そう。正木ユミカといったか。

「あの人、Ｓテレビの局長だわ」

と、あやめが言った。「持病があるのよ、確か」

あやめはレストランの人間を呼んで、

「すぐ救急車を」

と、アドバイスした。

ユミカの方は、どうしていいか分らず途方にくれている。

すぐに救急車がやって来て、その太った男を運び出して行った。

「――ね、あなた」

と、あやめがユミカに声をかけた。「大丈夫？」

「すみません……。何が何だか……」

と、ユミカは泣き出しそうな声を出した。

あやめは、ユミカの足が少しふらついているのを見て取って、

「もしかして、飲まされたの？」

と訊いた。

「あの……。ワインは体にいいから、って言われて……」

「あなた十代でしょ？」

「十六です」

「だめよ、何言われたって断らなきゃ」

と、あやめは言って、レストランの人間を呼んで注意した。

「気を付けます」

たぶん、分っていたのだろうが、一応素直に謝った。

「八木に言われてたのか」

と、大多は言った。「言われたことに逆らうなって」

ユミカがちょっと目を見開く。当っているのだろう。

「知ってるの?」

と、あやめが訊いた。

大多は、八木の話をして、

「一人で、Sテレビの局長と午前三時過ぎに食事させるってのは、感心しないな」

「でも……私、叱られちゃう」

と、ユミカが心細そうに言った。

「大丈夫よ。私が事情を説明してあげる」

と、あやめが微笑む。

ユミカが、やっと気付いて、

「野添あやめさんですか!」

「一緒にどうだ」

と、大多が笑って、「ろくに食べてないんだろ?」

「スープ飲んだだけで……」

と、情ない声を出し、「食べてもいいですか?」

「いいわよ。じゃ、そこへ座って」

「バッグ、持って来ます!」

ユミカは急いで自分の物を取りに行く。

そして――「遠慮なく食べて」と、あやめが言葉を呑み込んでしまったのは、正に十六歳の食欲！

何も言わなくても、パスタにピザに、と次々に注文してきれいに平らげ、

「――ああ！　生き返った！」

と、息をついて、「私、本当に飢え死にするかと思った！」

大多は笑って、八木がどういうつもりだったとしても、この少女にはおよそ色っぽい話に応えるだけの準備ができていない、と思った……。

そして、ユミカがトイレに立つと、

「梨奈ちゃんの代りに、どう、あの子？」

と、あやめが言った。

「うん、僕もそう思ってた。案外大物になるかもしれないな」

大多は、早速ケータイを手にレストランの表に出て、プロデューサーの松村にかけた。

こんな妙な時間でも、すぐ出るのが大したところで、

「大多さんか。どうした？」

「今、あやめさんと一緒に〈M〉なんだ。出て来られないか。梨奈の代りにいい子がいる」

大多の言葉に、松村は、

「すぐ行く！」

とひと言、通話を切った……。

「大多さんたちがいたからいいようなものの、そのまま酔わされて、とんでもないことになったら、どうするんだ」

と、松村が叱りつけるように言った。

「申し訳ありません」

八木は平謝りである。「この子にそこまでは言

っていなかったので……」

「あんただって知ってるだろ、あの局長の女ぐせの悪さは」

と、松村は言った。

「はあ……」

結局、八木まで〈M〉に呼び出されて、もう明け方近い時間なのに、あやめも大多も、成り行きで居合せることになった。

大多は笑いをかみ殺していた。松村が八木にお説教しているのがおかしかったのである。

もちろん、今どきプロデューサーが新人の女の子を、「仕事をやるから」と言ってホテルへ連れ込むなどという話はほとんどない。プロデューサーだってTV局に雇われたサラリーマンである。

それでも、まれにそんな不心得者もいないでもないだろう。救急車で運ばれた局長がユミカにそこまで要求するつもりだったかどうかは分らない。

「大体、十六の女の子にワインを飲ませるなんて、とんでもない」

と、松村は言った。

「はあ、誠にどうも……」

八木は禿げ上った額の汗をハンカチで拭った。

「まあ、それくらいにしとけ」

と、大多はとりなすように言った。「このユミカ君に梨奈の代りをやらせるなら、急いで基礎を仕込まないと」

「うん、そうだな。——やるかい？」

そう訊かれて断るわけがない。

「はい。何でもやります」

と、ユミカは言った。

おかしいのは、八木が松村に絞られている間も、ユミカはデザートをせっせと食べていたことだった。

こんなレストランに入ったことがないのだろう。

「よし。――じゃ、明日、というか、もう今日だな。昼過ぎにスタジオへ来てくれ」

「どうかよろしく！」

八木が深々と頭を下げる。

いくら叱られようが、八木としては新人のユミカに早くも連続ドラマのレギュラーの役が舞い込んだのだ。嬉しいのは当然だろう。

八木がユミカを連れて先にレストランを出て行く。ユミカは出るときに振り返って、大多たちの方へ手を振って見せた。

「可愛いわね」

と、あやめが笑った。

「手垢がついてなくていいな」

と、大多は肯いて、「じゃ、いいんだな」

と、松村の方へ念を押す。

「ああ、悪くない」

「私は帰って寝るわ」

と、あやめが伸びをする。

「送ろうか？」

と、大多が言った。

「大丈夫。タクシー拾えばすぐよ」

「これ、使ってくれ」

松村がタクシーチケットを渡して、「大多さん、途中で彼女を降ろしたら？」

「そうだな」

――結局、タクシーに二人で乗って、あやめをマンションで降ろすことにした。

タクシーの中で、

「松村の奴……」

と、大多は言った。「八木にああまでしつこく文句を言ったのは、契約のとき、ギャラを値切るためだな」

「私もそう思ったわ」

と、あやめは肯いた。「ほとんどタダ同然で使われることになりそうね」

「それでも、あの子には悪い話じゃない」

「大多さんは変らない。――やさしい人ね」

「何だい、突然」

「思い出してたの。あなたがスキーのコーチをしてたころを」

「昔の話だ」

「でも――人は変らないところと、変るところを持ってるのね」

「どういう意味だい？」

「何でもない」

と、首を振った。「あ、そこ、左へ曲って」


あやめのケータイが鳴り出した。あやめは少しためらっていたが、ずっと鳴り続けるので渋々という様子で出た。

「――もしもし」

大多の方へ背を向けて、「こんな時間に何なの？　――まだ外よ。――お母さん、いい加減にして」

大多は聞いていないふりはしたが、いやでも耳に入る。

あやめの母親か。スキー場で、人目をひくことが大好きだった母親……。

「――この前のお金だって、無理してるのよ。――分ったわ。こんな時間にかけないで」

あやめはケータイをバッグに戻すと、じっと目を伏せていた。大多も、何も言わないことにした。

さっきあやめの言った、「変らないところと変ところ」の話は、自分の母親のことだったのかもしれない……。

「――そこで」

マンションの前でタクシーが停った。

「お疲れさま」

と、大多が言った。

あやめが降りようとして、大多の手に手を重ね、ぎゅっと握りしめた。

大多は何も言わなかった。――その手のぬくもりが、何を意味しているのか、考えたくなかった。

「おやすみなさい」

一転して明るく言うと、あやめはマンションへと足早に入って行った。

大多は運転手に行先を告げると、座席にゆったりと座り直して息をついた。

――あやめが母親との間に何か冷ややかなものを抱えていることは、よく分った。

しかし……。そう。俺はそこまで係ってはいけないのだ。

あやめはスターで、俺はただのシナリオライターだ。

自分へそう言い聞かせて、大多は目を閉じた……。

B棟の前にタクシーが着いたときには、もうすっかり明るくなっていた。

大多もさすがに眠くて欠伸をくり返しながらタクシーを降り、B棟の中へ入って行ったが……。

大多はびっくりして足を止めた。エレベーターの前に、女性がうずくまっている。

「どうしました？」

と、声をかけると、その女性が顔を上げた。

「小森さん！　どうしたんです？」

３０５号室の小森令子である。

「大多さん……」

小森令子の顔は、ひどく真白だった。

「どうしたんです？　貧血ですか」

「急に血の気がひいて、立っていられなくなったんです……。すみませんけど、三階まで……」

「ああ、もちろん。さ、つかまって下さい。立てますか？」

令子の腕を自分の肩へかけると、体を持ち上げるようにして立たせる。

「あ……痛い……」

令子が顔をしかめて呻く。

これはただの貧血ではない。大多はそう思った。

「救急車を呼びましょう」

と、大多は言った。

「いえ、そんな……。大丈夫です。寝れば治ります」

と言いながら、令子は手で下腹の辺りを押えて呻いた。

「ほら。いけませんよ、放っといちゃ」

大多は、令子を支えながら、何とかケータイを取り出し、救急車を呼んだ。

「――すみません」

「いや、誰でも具合の悪いときは……」

と言いながら、何だか色んなことのある夜だな、と大多は思った。

やがてサイレンの音が近付いて来た……。

8　悲哀

「物好きね、全く」

と、妻の由美が呆れたように言って、「はい、お茶漬」

「うん……」

大多は欠伸しながら、「しかし、放っとくわけにいかないじゃないか」

「分るけど……」

――同じB棟の〈305〉に住む小森令子がエレベーターの前でうずくまっているのに行き会って、救急車を呼び、結局病院に付き添って行くことになったのである。

「でも、向うで彼女に会って良かった」

朝早く、病院へやって来たのは、奈良本智子だったのである。

娘の愛が風邪をひいて、薬をもらいに来たのだった。

「今日、仕事は休みなので」

と、智子は言った。「小森さんのこと、後でまた見舞に来ますわ。顔ぐらいは存じてますし」

「そうしてもらえますか？　ありがたい」

実際、大多もクタクタだった。

「ご心配なく。愛も寝込んでいるわけじゃありませんし」

では、後はよろしく、と智子に頼んで帰宅したというわけだった。

呆れている由美に、詳しい事情を説明する元気もなくベッドへ潜り込み、夕方になって起き出して来た、というところである……。

「あなた、美穂の運動会には出てよ」

と、お茶漬をかっ込んでいる大多へ由美が言った。

「ああ」

と、反射的に答えてから、「――運動会? いつだ?」

「この間言ったでしょ!」

と、由美が夫をにらむ。

「そうだっけ? 手帳に書いてたか、俺?」

「知らないわよ」

大多は立って行って手帳を取って来た。

ケータイも持っていたが、メールがいくつか入っていて、

〈大多ちゃん。来週、箱根のロケが入った。ユミカも参加。シナリオも同行してくれ。スケジュールは決り次第送る。松村〉

「突然だな、全く……」

人の都合はお構いなしだ。

次のメールは、奈良本智子からだった。

〈大多様。今朝ほどはどうも。今、病院です。小森さんは流産だったそうです。大分出血があったそうで、今は安静にしています〉

「まさか……」

と、大多は呟いた。

小森令子は独身だ。ということは……。

「どうしたの?」

と、由美が夫の様子を見て訊いた。

口で話す気にはなれなかった。大多は黙って由美にメールを見せた。

「――まあ」

由美が、ちょっと眉をひそめて、「そんなことって……。あの人、いくつ?」

「四十と……。二か三だろ」

「きっと、不倫してたのね」

「おい、よせ。人の事情は分らんよ」

「小森さんのせいだなんて言ってないわ。相手の男が悪いのよ」

「まあ、たぶん……そんなことだろうが、俺たちがとやかく言うことじゃない」

「それはそうだけど……」

由美もそれ以上は言わなかった。

それから三十分としない内に、松村からケータイに電話がかかって来た。

「スケジュール調整してるんだ。今夜、出て来られないか？」

「いいけど……」

「じゃ、頼む！　局長が会いたがってる。八時に局へ来てくれ」

「分った」

時間はまだあったが、大多は外出の仕度をした。

「晩飯は食べて来る」

「はいはい」

由美は慣れっこである。

大多が玄関へ出て行くと、

「ただいま！」

と、美穂も帰って来た。

「お帰り。遅いな」

「運動会の練習。お父さん、出かけるの？」

「ああ、仕事の打合せだ」

「野添あやめによろしくね」

大多は笑って、

「今日は会わないよ」

「何だ」

美穂はさっさと上って、ランドセルを廊下に放り出すと、「ただいま！　お腹空いたよ！」

と、大声で言った。

大多は思わずふき出しそうになりながら、部屋を出た。

TV局へ行く前に、小森令子を見舞いたかったのである。

あのアイドル、梨奈の妊娠が分って降板した直後である。年齢こそ離れているが、女性は大変だ、と思った。

——タクシーで病院へ着くと、受付で病室を訊いた。

どう慰めようもない。ただ、「お大事に」とでも言うしかないが……。

その病室のドアを開けると、

「いけませんよ」

と、声が聞こえて来た。「お医者さんが安静にとおっしゃってるんですから」

あの声は——。

「奈良本さん？　大多です」

カーテン越しに声をかけると、智子が出て来て、

「良かったわ。大多さん、止めて下さい」

「え？」

カーテンが開いて、小森令子がスーツを着て立っていた。

「どうしたんです？」

「大多さん……」

と、令子は目を伏せて、「お手数かけて、申し訳ありません」

「いや、そんなことは……」

「会社へ行くって言ってるんです」

と、智子が言った。

「小森さん、いけませんよ、医者の言うことを聞かないと」

「でも、どうしても今夜の打合せは……」

「仕方ないじゃありませんか。――医者は？」

「今、呼んでもらってます」

と、智子が言った。

「大丈夫です。ちゃんと休みましたから」

「いや、小森さん。顔が真白ですよ。血の気がない。寝ていないと」

「仕事があるんです。どうしても行かないと……」

令子は大多を押しのけて病室を出た。

「待って下さい！」

と、後を追って出ると、令子は壁にもたれて、立っていられない様子だった。

「ほら、だめですよ」

と、大多が支える。

「平気です。軽い貧血で……。放っておけば治ります……」

と言いながら、令子はうずくまってしまった。

「どうしたんですか？」

医師が小走りにやって来る。看護師もついて来ていた。

「寝てなきゃだめだ。ずいぶん出血してるんですよ」

「先生、お願いです。今夜はどうしても大切な打合せがあって、私が行かないと……」

「今無理すると、後で発熱したりしますよ。誰かに代ってもらえば――」

「いいえ！　何としても行きます。退院すればいいんでしょう？」

令子は唇をかみしめて立ち上った。

「――小森さん」

と、大多は言った。「それじゃ、僕がついて行きますよ。用事まで時間がある」

「でも、そこまでしていただいては……」

「ちゃんと連れて帰って来ますから」

と、大多は医師に頼んだ。

「私も」

と、智子が令子の腕を取って、「女性が一緒の方がいいと思いますから」

「分りました」

と、医師が諦めたように、「それじゃ注射を一本射ちましょう」

「お願いします」

と、令子は頭を下げた。

「大丈夫でしょうか」

と、智子が言った。

「さあ……」

「すみません。大多さんに分るわけがないのに」

「いや、心配ですよ、僕も」

と、大多は言って、小森令子の勤め先の入っているオフィスビルを車の助手席から見上げた。

「七時から打合せがある」

と言う令子を送って来て、令子がビルの中へ入って行ったのは七時五分前だった。

「三十分もあれば……」

と、令子は言っていたのだが、もう八時近い。

大多は松村に、遅れて行くと連絡を入れていた。

「大多さんはやさしい方ですね」

と、智子は言った。「私のときもそうでしたけど、他人のためにここまでやれる方っていませんよ」

「いや、お節介なんですよ」

と、大多は首を振った。「あなただって。──

愛ちゃんは大丈夫ですか？」

「ええ。ちゃんと遅くなるって友人に言ってありますし」

「この車、いつから？」

智子の運転する小型車で、病院からここまでやって来た。

「つい先日です。運転、怖いですか？」

「いや、そんなことはないですよ」

「以前はよく運転したんです。一回車を売ってしまって。主人のせいで。――この間、これを買ったんです。やっぱり愛がいると、車があった方が」

「車があると、行動範囲も広がりますよ」

「ええ、そうなんです。今度、週末に愛と一緒に温泉にでも行こうかと……」

「やあ、出て来たな」


と、大多は言った。

他の同僚に目立ちたくない、という令子の願いで、大多たちの車は、ビルの正面でなく、少し手前に停っていた。

ビルの正面から、スーツの男性が三人出て来た。その後ろに令子が見えていた。

令子が通りかかった空車を停めて、男二人が乗る。令子と男一人が見送る立場だったらしいが……。

なかなかタクシーが出ない。ドアは開いたままだった。

「何かもめてるのかな」

大多は、ちょっと眉を寄せて、「あれはどうも……」

「一緒にどこかへ行こう、って小森さんを誘ってるみたい」

「そう見えますか?　僕もたぶんそうだと思うな」

「近くへ寄りましょう」

智子がエンジンをかけて、車を少し前に進めた。タクシーの少し手前で停ると、大多は車を降りた。

「あの――今日はどうしてもだめなんです」

と、令子が謝っているが、その相手はタクシーの中の男にではなく、一緒に見送っている方の男だった。

「何言ってるんだ!　せっかく誘っていただいているんだぞ」

「はい、ありがたいのですけど、今夜は……。すみません」

「おい、お酒のお付合も仕事の内だ。分ってるだろう」

苛立っている様子なのは、五十前後らしい太った男で、おそらく令子の上司なのだろう。

「よく分っていますけど、今日は……」

「分らないことを言ってるんじゃない。二十歳やそこらの娘じゃあるまいし、ちゃんとお相手しないでどうするんだ」

大多は腹が立って来た。令子は、この薄暗い路上で見ても青白い顔をしている。いくら大事な客といっても、ホステスとは違う。もてなすのが「仕事」というのは――。

「失礼」

と、大多が進み出ると、令子がハッとした。

「小森さん、打合せが終ったら病院に戻りましょう」

と、大多が言うと、

「何だ、あんたは?」

と、相手の男が不機嫌な顔で言った。

「私は医者です」

と、大多は言った。「小森さんは入院中なのを、大切な仕事があるということで、特に外出許可されているのです。仕事が終りましたら、病院へ戻らなくてはなりませんから」

「病院だって？」

「どうぞ、行かれて下さい」

と、大多はタクシーの方へ声をかけた。

タクシーが走り出す。

「おい！　勝手なことをするな！」

と、男が怒鳴った。

「私には医師として責任があります」

と、大多はその男を真直ぐに見つめて言った。

「無理をさせて小森さんの病状が悪化したら、あなたが責任を取るんですか？」

男が詰《つま》った。


この手の男は、「責任」という言葉に弱いのだと大多は知っていた。面子やプライドも大切だが、いざというときに、「自分が責任を取る」ことはいやなのだ。

「――分った」

と、仏頂面で言うと、小森令子の方へ、「そんなに悪いのか」

と訊く。

令子は何も言わずに目を伏せた。

「では病院へ戻りましょう」

と、大多は令子を促した。

「すみません」

と、令子は上司の方へ、「会議室の片付けは明日の朝やってくれますから、明りだけ消して下さい」

「うん」

令子は智子の車に乗った。

「失礼します」

と、大多は上司の男へ会釈した。

「いや……。私は金井という者です。小森君の上司で。――明日は休んだ方が？」

「小森さんには二、三日お休みさせてあげて下さい」

「分りました」

金井という男は、いやに神妙になって言った。

「小森君をよろしく」

――智子は車を出して少し行くと、

「大多さん、打合せに遅れるでしょ。この辺でタクシー、拾ったら？」

と言った。「小森さんのことはちゃんと病院へ送り届けますから」

そう言われて、大多は正直ハッとした。松村たちとの打合せのことをすっかり忘れていたのだ。

「そうしてくれますか。ありがとう」

「この辺なら空車が」

と、智子は車を広い通りで停めた。

「すみませんでした、大多さん」

と、令子はぐったりした様子で、「助かりました……」

「いや、出すぎたことだったかなとも……」

と、大多が言うと、

「あの人なんです」

と、令子は言った。

「え？」

「死んだ子の父親、あの金井なんです」

死んだ子、という言葉に悲しみがにじんだ。

「そうでしたか……。それで……」

「もう別れますわ。気の弱い人で、いつも私を不満のはけ口にしていました。私はあの人を拒むのが可哀そうで……」

「もう大人じゃないですか」

と、智子がハンドルに手をかけたままで言った。

「女にすがらないと生きてけないなんて、身勝手なだけです」

「ええ……。本当に」

令子は小さく肯いた。

智子はちょっと笑って、

「ごめんなさい。私が偉そうなこと言えないわね」

「じゃ、行きますよ」

大多は令子の手を軽く握って、「ゆっくり休んで下さい」

「ありがとう、大多さん」

と言ってから、令子は微笑んで、「大多先生、」

大多は笑って、

「名演技だったでしょ？　役者になろうかな」

と言って車を降り、ドアを閉めた……。

9　太陽の下

「日に当ると弱いんだ」

と、大多は情ない声を上げた。

「何よ、吸血鬼じゃあるまいし」

と、妻の由美が呆れたように言った。「ちゃんと寝ないからよ」

「しょうがないだろ！」

大多は濡らしたタオルを頭の上にのせた。

——晴れ渡った空に、子供たちの甲高い声が響く。

今日は美穂の小学校の運動会だ。

ゆうべは、〈ヒロイン〉のシナリオに急な直しが入って、午前四時まで寝られず、今朝は、運動会の「場所とり」で六時起き。ほとんど眠っていない。

早起きのかいがあって、徒競走が目の前で見られる場所が確保できたが、日射しを遮るものが何もない。大多はすっかり参ってしまった。

「ほら、次は美穂が出るのよ！　ちゃんと撮って」

と、由美がつつく。

「分ってるよ」

大多はビデオカメラを手にした。——撮っている方が気が紛れて楽だ。

「おい、どこだ？」

と、大多は同じような子たちがゾロゾロ出て来るのを見て焦った。

「自分の娘が見分けられないの？」

「まぶしくて……」

と、目をこすると、美穂の方で両親を見付けて手を振った。

「ほら、あれよ」

「分った！」

ホッとしてカメラを向ける。

――本当なら、今日から箱根のロケだったのだが、大多も今日の件は譲らなかった。

何しろ、ゆうべも急な仕事が入ったくらいだ。箱根へ行っても一息つけるとはとても思えない。

「あいつ！　右向くのを間違えて左向いたぞ」

「そんなのいいわよ」

と、由美が苦笑した。

「これが終ったら昼休みか」

「ええ。お弁当食べましょ」

「やれやれ……」

正直、腹も減っていた。何しろ由美はお弁当作りに忙しくて、朝食抜きだったのだ。


「――お昼休みです」

と、アナウンスが流れ、子供たちが一斉に親の所へと走って来る。

今は、「親が来られない子もいる」というので、お昼も一緒に食べさせない学校が多いらしい。

しかし、ここは、親が都合で来られない場合、学校がちゃんと昼食を用意してくれて、

「それがおいしいんだ」

と、美穂はむしろそっちが食べたそうだった……。

「有名なお弁当屋さんの社長さんの子供がいるんですって」

と、由美はやって来た美穂にウェットティシュを渡して、「ちゃんと手を拭いてよ」

「お腹ペコペコ！　わ、お母さんにしちゃ頑張ったね」

「何よ、その言い方」

と、由美が渋い顔をした。

「しかし、ちょっと多すぎないか？」

「作っちゃったんだからしょうがないわ」

確かに、いなり寿司など、大多が久しぶりに味わう旨さだった……。

「あ、お父さん、あの人……」

と、美穂が指さす。

「人のこと、指さしたりしちゃだめよ」

「ほら、いつかの救急車の人」

振り向いた大多は、奈良本智子が愛の手を引いて歩いているのを見て、

「ああ、奈良本さんだ。愛ちゃんに運動会を見せに来たんだろう」

「あなた、ここへ呼んであげたら？　この間も、病院のことでお世話になったんでしょ」

と、由美が言った。

「そうだな、美穂、ちょっと——」

「うん、行ってくる！」

美穂がパッと立ち上って、他の家族の間を巧みにすり抜け、奈良本智子母娘の所へ駆けて行った。

ためらいながら、智子は大多の所へやって来て、

「お邪魔をしては……」

「お弁当、持て余してますの。よかったらどうぞ」

由美はこういうとき、妙な気の回し方をしない。

「それじゃ……。愛ちゃん、お礼を言って」

「どうもありがとう」

「いえ、どういたしまして。——美穂も、これくらいのときは可愛かったわね」

「今はどうせ憎らしいんでしょ」

と、おにぎりを頬ばる。

「さあ、紙コップがある。お茶を」

と、大多が言った。

智子と愛が加わって、いかにもピクニック気分。

「お母さん、ちょっとトイレに行ってくるわ」

と、由美が立ち上った。「美穂、トイレどこ?」

「あの裏。——私も行く!」

「じゃ、連れてって。ちょっと失礼」

由美と美穂が行ってしまうと、

「本当にすてきな奥様ですね」

と、智子が言った。

「どうですかね。——この間はどうも」

「いいえ。その後は……」

と、大多は言った。

「僕も忙しくてね。でも、一昨日かな、小森さんからケータイに電話があって、仕事は二週間休んで、退院してからも少し体を休めると言ってましたよ」

「それは良かったですね」

「大分吹っ切れたようでね。旅行でもしようかと思っていると……」

「いいことですね。大多さんのお力ですわ」

「いや、本人に立ち直る勇気があった、ってことですよ」

「愛ちゃん、この卵、おいしいわよ。好きでしょ?」

智子は、愛の口に卵焼きを一切れ入れてやって、

「——憶えてらっしゃるでしょ、金井って人」

「金井? ——ああ、小森さんの上司の」

「ええ。亡くなったそうですよ」

大多は、すぐには理解できなかった。

「——亡くなった?」

「ええ。昨日TVを見てたら、ニュースで」

「何かあったんですか？」

「事故か自殺かって。――線路に落ちて、電車にひかれたそうです」

大多は唖然として、

「それは……。確かですか？」

「私もびっくりしました。TVの画面に写真が出て。ずいぶん若いころの写真だったんです、それが。すぐには分らなかったんですけど、〈金井晃〉って名前を見て思い出しました」

「そいつは……。いや、びっくりしたな！」

「何でも、ずいぶん酔っていたようです。高台の道を歩いていて、小さな崖から落ちて、たまたま線路の上に」

「そんなことが……」

「ねえ、人間、いつどうなるか分りませんね」

と、智子は言った。

「小森さんは知ってるのかな」

「会社から連絡が行くでしょう」

「そうですね」

と肯いて、「しかし……たまたまとはいえ、こんな時にね」

「でも、小森さんも、あんな男の子を産まなくて良かったと思いますわ。きっと何の責任も取ってくれませんでしたよ」

「そうですね。まあ……済んでしまったことだ」

大多は、残っていたいなり寿司をつまんだ。

由美と美穂が戻って来て、グラウンドには、

「午後の最初の種目に出る人は、十分後に入場口の前に集合して下さい」

というアナウンスが流れた。

「では、これで」

と、智子は由美に何度も礼を言って、愛の手を

引いて帰って行った。

「私、戻るね」

と、美穂はグラウンドへ飛び出して行った。

「転ばないでよ！」

と、由美が声をかけたが、聞こえていないだろう。

転んで……。転落した……。

大多は、正直金井の死を聞いても、どうというわけではなかったが、ただ小森令子がどう思うか、気になっていた。

「あなた、手を拭いて」

「ああ……。俺もトイレに行って来る。手も洗えるしな」

「そう？　あの旗の向うよ」

「分った」

大多は父母席の枠を出ると、急ぎ足でグラウンドの外側を回って行った。

もう、日射しも気にならなくなっていた。

大多はポケットからケータイを取り出し、電源を入れた。

いつロケ先からかかって来るか分らないので、切っておいたのである。

メールの着信が一つあったが、どうという用事ではなかった。

少したためらったが、やはり放っておけないという気がした。

小森令子のケータイへかけてみる。

呼出し音がして、思いがけずすぐに向うが出た。

「大多さんですか。どうも」

明るい声だった。

「ああ、どうも。今、大丈夫ですか？」

「ええ。今は病院のお庭を歩いていますの」

「そうですか。——いや、お元気そうで良かった」

「お医者様からも、あと二、三日で退院していいと言われました」

「そうですか。それは何よりですね。——あ、やかましいでしょ、すみません」

「確か、お嬢ちゃんの運動会ですよね」

「よく憶えてますすね！　こっちが忘れそうなのに」

「いいお天気で良かったですね」

「ええ、まあ……」

どう言ったらいいのだろう？　大多は、黙ってしまった。

「——大多さん？」

「あ、すみません。実はちょっと……」

「金井のことですね」

大多は一瞬詰って、

「ご存知だったんですか」

「TVを見るくらいしかすることがなくて」

と、令子は言った。「びっくりしましたわ。でも、何だかちっともショックじゃなくて、あ、死んじゃったんだ、っていうくらいで」

「お気の毒でした」

「でも……あんな死に方、いやですね。自分で飛び込んだわけじゃないと思いますよ」

「酔っていて、足を滑らせたんですかね」

「そうですね。たぶん。でも……」

と、ちょっと黙る。

「——もしもし。どうかしました？」

「あ、すみません。あの人、高い所が苦手だったんです。ですから、崖っぷちみたいな所には決して近付かなかったと思うんですけど……」

「なるほど」

「でも、かなり酔ってたんでしょうね。——あの人、私が入院した理由を聞いて、泣いたんですよ」

「泣いた？　それは——」

「私が可哀そうだ、って。変ですよね、自分が妊娠させといて」

「はあ……」

「そういう人だったんです」

令子は、何だかさっぱりした口調で、「今思うと、どうしてあんな人と……。大多さんみたいなすてきな人が近くにいたのにね」

大多は面食らって、

「いや、そんな……」

「ごめんなさい！　心配しないで下さい。もう男はこりごり」

「はあ……」

大多は、午後の部が始まるというアナウンスを聞いて、「——お大事に」

と言って切った。

小森令子が思いがけず元気なので安心はしたが、同時に、金井の死の不自然さが気になった。

確かに、ちょっと会っただけだが、自殺するようなタイプには見えなかった。

やはり事故か。

戻りかけて、ケータイが鳴るのに気付いた。

「——もしもし」

「大多さん、どうして来ないの？」

野添あやめだった。

「明日行くよ。今日、子供の運動会で」

騒音が向うにも聞こえたらしく、

「そうだったの。じゃ、せいぜい頑張って」

「もう日の光を浴びて溶けそうだよ」

「吸血鬼ね」

と、あやめは笑った。

「そっちはどう?」

「今日は曇ってる。明日は晴れって言ってるけど」

「いや、天気のことじゃなくて――」

「分ってるわよ。シナリオの直しがドカッと待ってるわ」

「おどかすなよ。ゆうべもやったぜ」

「現地に来ないと分らないことが沢山あるでしょ。あの正木ユミカって子、一生懸命やってるわ」

「ああ、そうか」

大多はすっかり忘れてしまっていた。「八木さんがついて来てる?」

「あの社長? 初めだけね。すぐ帰っちゃったわ。今、ユミカちゃん一人よ」

「大丈夫かな」

「私が面倒みてあげるわ。心配そうにしてるから放っとけない」

「頼むよ。僕が推薦した手前もあるし」

「そういえば、梨奈ちゃんのことだけど」

と、あやめは言った。

妊娠して降板したアイドルのことだ。

「あの子がどうかしたのか?」

「何だか自殺未遂起したそうよ」

「え?」

大多は一瞬息を呑んだ。「――その話、どこで?」

「マネージャーの河原さんが、聞いたって。秘密にされてるらしいけど」

「そうか……。いや、詳しいことを当ってみるよ」

「何か分ったら教えて」

「ああ、そうするよ。じゃ、明日の夕方にはそっちへ行く」

「待ってるわよ」

あやめの口調の明るさに、大多はホッとしていた。

連続ドラマの収録も、そろそろ疲れが出てくるころだ。特に主役のあやめは責任もあるから、気もつかう。

何とかこのまま乗り切ってほしい、と大多は思った。

「――何のんびりしてるのよ！」

席へ戻ると、由美に叱られてしまった。

「いや、ちょっと……」

大多は急いでビデオカメラを手にした。

10 選択

ロケの現場というのは奇妙なものである。

ほとんど寝る間もなく働いているスタッフや役者がいる一方で、暇を持て余して、町をプラプラと歩いて時間を潰している者もいる。

大多がスタッフの泊っているホテルに着いたのは、ちょうど夕食どきで、玄関ロビーにも、どこかの宴席の歌が聞こえて来ていた。

「——あ、来たわね!」

野添あやめが浴衣姿でやって来た。

「やあ。もう晩飯はすんだ?」

「これからよ。ディレクターが戻ってないから、もう少しかかるでしょ。一風呂浴びて来たら?」

「まず松村と話すよ」

と、大多は言って、「しかし、誰も案内してくれないのか」

ホテルの人間が、夕食の仕度で忙しいのか、誰も見当らない。

「私の部屋に来て。一緒に食べましょ」

「そうだな」

仲居たちが大きな膳をせっせと運んでいる。汗を光らせて働いているのを見ると、文句を言う気にもなれない。

「——梨奈ちゃんのこと、何か分った?」

と、廊下を奥へと辿りながら、あやめが言った。

「いや、下手に訊いて回ると、却って話を広めることになるかと思ってね。ともかく、梨奈のマネージャーに電話してみたけど、何も言わずに切っちゃったよ」

「隠し通せるかしらね」

あやめは部屋のドアを開けて、「――ユミカちゃん」

「はい！　あ、大多さん」

ユミカが、あわてて正座して、「お世話になりました！」

「どうだい、ロケは？」

「セリフ憶えるのに必死です。本番になるとポーンてどこかへ飛んでっちゃう」

「珍しくないわよ」

と、あやめは笑って、「大丈夫。この名シナリオライターさんが、憶えやすいセリフを書いてくれるわ」

「変なことを請け合うなよ」

と、大多は苦笑した。

ユミカも浴衣姿で、風呂上りという様子である。

「失礼します」

と、仲居が顔を出し、「お食事、お待ちになりますか」

「もう食べちゃうわ。三人分、持って来て」

と、あやめは言った。

「僕もいいのか、ここで？」

「もちろんよ。美女に囲まれて食べる方がおいしいでしょ」

「そうだな」

と、大多は笑った。

ともかく、着いたことを知らせておこうと、松村に電話した。

「――打合せは明日の朝にしよう」

松村の声は酔っ払っていた。

「分った」

と、ケータイの通話を切って、「松村、誰と飲んでるんだ？」

「それがね、怪しいの」

「怪しい？」

「他の旅館に泊ってる女性と、こっそり会ってるのよ。浮気相手じゃないの？」

「やれやれ」

大多は苦笑して、「男ってやつはこりないね」

「どういうこと？」

大多が小森令子のことを話してやると、

「大多さん、やさしいんですね」

と、ユミカが言った。

「その上司は天罰ね」

と、あやめは言った。「梨奈ちゃんも妊娠……。損するのは女だわ、いつも」

「全くね」

「ユミカちゃんも気を付けてね」

と、あやめが言った。「うまいこと言って、言い寄ってくる男が必ずいるから」

「そんなときは大多さんに相談します」

「そうそう。それが一番」

――食事の膳が来て、三人で食べ始める。

ユミカがお茶を注いだり、ご飯をよそったりした。そんなことが楽しそうだ。

大多のケータイが鳴った。

「ごめん。――もしもし」

「すみません」

小森令子だった。「今、どちら……」

「今、ロケで箱根でしてね。何か？」

「さっき、刑事さんが訪ねて来て」

「刑事？」

「金井のことで。あの――金井は突き落とされて殺されたのかもしれないって言うんです」

「そいつは……。確かなんですか」

「分りません。それで――私のアリバイを」

「ああ……。どんなことを訊いたんですか？」

「私、幸い入院してましたから、問題なかったんですけど。刑事さんの話だと、奥さんを調べてるようでした」

「いやな話ですね。――ともかく忘れることですよ」

「ええ。一応お知らせしとこうと思って」

「ありがとう」

令子に「お大事に」と言って切ると、食事に戻る。

「どうしたの？」

と、あやめが訊いた。

大多が話すと、

「人殺し？　怖い！」

と、ユミカが眉をひそめた。


「天罰じゃなかったわけね」

あやめはそう言って、ご飯にお茶をかけた。


「はい、それじゃ合図で橋を駆けて来る。ゆいちゃん、いいね？」

ディレクターに言われて、子役は、

「はい！」

と、しっかり肯いた。

「橋のこっち側にママがいる。分るね」

「はい」

「ママを見付けて、嬉しそうに走って来るんだよ」

「はい」

「待って」

と、野添あやめがやって来ると、「ゆいちゃん。私、ここに立ってるから私の方へね」

と言った。

「はい！」

――ロケ現場は順調だった。

あやめの娘の役、ゆいを演じているのは六歳の子役で、前畑ゆいというのが本名である。役名を同じ「ゆい」にしたのは、その方が役に入り込みやすいかと思ったからだが、実際にはこの少女は正しく「プロの役者」だった。

ゆいのせいでNGになることはまずない。セリフもしっかり憶えているし、ディレクターの指示もすぐに呑み込む。

「ゆいちゃんのおかげで、収録がはかどる」

と、ディレクターの宮本はご機嫌である。

子役がNGを出さないので、一緒に出ている大人の役者たちも、懸命にセリフを憶えて来るのだ。

「はい、じゃ、本番」

と、ディレクターが声をかけ、ゆいが橋の向うへと駆けて行く。

あやめはカメラの後ろに立っていた。本当なら画面に入らないのだから、あやめは休んでいていいのだが、ゆいが母親へと駆け寄る場面なので、実際にいた方がいい、と思ったのだ。

スタートの指示で、ゆいが、

「ママ！」

と叫んで駆けて来る。

「――よし、ＯＫ！」

宮本は笑顔で、「ゆいちゃん、いいぞ。その調子だ」

ゆいは少し息を弾ませながらニッコリと笑った。

――その現場を、大多の隣で眺めていたのは、新人の正木ユミカで、

「参っちゃうなあ」

と、ため息をつく。「私、とってもかなわないや、ゆいちゃんに」

「達者な子役はこんなもんだよ」

と、大多は言った。

「でも……」

と、ユミカは情ない表情で言った。

「新人は新人らしく、精一杯やればいいんだよ」

と、大多はユミカの肩を軽く叩いた。

「――OK、昼食にしよう」

ディレクターの宮本が声を出した。

「十二時ぴったりだ。大したもんだな」

と言ったのは、プロデューサーの松村である。

「やかましいプロデューサーがあんまりいないせいかもしれないぜ」

と、大多が皮肉ると、松村は渋い顔になって、

「今朝だって十時には来たぜ」

「二日酔って顔だったぞ」

「まあ……。商売柄、飲まなきゃいけないこともある。分るだろ」

と、松村は言いわけがましく言って、「ユミカ、今日の午後はセリフが長いぞ。ちゃんと入ってるか」

話をそらそうとしているのは明らかだった。

「はい、一応……。本番になったら忘れちゃうかもしれません」

「プレッシャーをかけるなよ」

と、大多が松村をちょっとにらんだ。

野添あやめが言っていた通り、おそらく松村はこのロケ先に「彼女」を呼んでいるのだ。いささか後ろめたいから、話題にしたくないのだろう。

「さあ、昼飯だ。ホテルに戻ろう」

と、大多はユミカを促した。「松村、来ないの

か？」

「ああ……。先に行ってくれ。ちょっと、二、三確認しとくことがある」

松村が温泉町の駅前へと小走りに急ぐのを見送って、

「昼ご飯も彼女と一緒かしら」

と、あやめが言った。

「放っとけ。却っていない方がトラブルが起きなくてすむ」

と、大多は言った。

——泊っているホテルで、ロケスタッフ用の昼食を用意してくれている。

スタッフも、てんでんに食堂で食べていた。

大多は、あやめとユミカと三人で、隅のテーブルで定食を食べていたが——。

スタッフの一人が食堂へ足早にやって来ると、

「おい、聞いたか？　梨奈のこと」

と言った。

大多は、あやめと顔を見合せた。

「どうしたって？」

「自殺未遂だって。——重体だそうだ」

スタッフが騒然となる。このドラマに出演することになっていたのだから当然だ。

「梨奈さんが……」

と、ユミカが食事の手を止めて、「私、何だか申し訳ないみたい」

「君はそんなこと考えなくていい」

と、大多は少し強い口調で言った。

「そうよ」

と、あやめが肯いて、「いいドラマにするのが、梨奈ちゃんにとっても何よりの励ましなの」

「——はい」

ユミカの目が潤んでいる。大多はそれを見て、

「いい子だ」と思った……。

「しかし、重体か。元気になってほしいな」

と、大多は言った。

ADが食堂中に聞こえる大声で、

「午後は一時半からです！　よろしく！」

と呼びかけた。


昼食の後も、大多は急ぐこともないので、あやめたちと別れて一人、ホテルのラウンジでコーヒーを飲んでいた。

手元の今日の分のシナリオをめくっていると、人影が落ちた。

顔を上げると、見覚えのない背広姿の中年男が立っていた。

「――何か？」

「脚本家の大多さん？」

「そうですが……」

「お会いできて良かった。N署の刈谷といいます」

「刑事さん？」

刈谷という男は身分証を見せて、

「今、少しお時間をいただいても？」

と言いながら、もう腰をおろしている。

「N署というと、東京の？」

「ええ。――おい、コーヒーをくれ」

と、刈谷は声をかけると、「脚本を書く方もロケに来られるんですな」

「ロケは現場で色んなことがありますのでね」

と、大多は言った。「その場でセリフを変えなきゃいかんこともあるんです」

「なるほど。大変なお仕事だ」

「それで——お話とは？」

「亡くなった金井晃さんのことです」

おそらくそうだろうと思っていた。

「そうですか。小森さんから電話をもらいましたよ」

知らなかったようなふりをすれば、却って怪しまれる。

「小森さんとはご近所で……」

「ええ、団地の同じ棟です」

「金井さんと会われた事情を伺えますか」

むろん、刈谷は小森令子からも話を聞いているはずだ。二人の話に矛盾がないか、調べているのだろう。

大多は、小森令子を病院へ運んだところから始めて、正直にすべて話した。

「——なるほど」

刈谷は肯いて、「いや、ご立派です。そこまでなかなかできませんよ」

「医者を名のったのは、違法かもしれませんね」

「しかし、その場合は仕方ないでしょう。その後、金井さんとは？」

「会っていません。むろん話もしていませんよ」

「ご存知の通り、金井さんは電車にひかれて亡くなりました」

「聞きました」

「事故ということになっていますが、どうも納得できないんです」

と、刈谷は言った。「なぜ、誤って落ちるような所に行ったのか。——酔ってはいたのですが、一緒に飲んでいた同僚の話では、足下がふらつくほどの酔い方ではなかったと」

「そうですか」

大多は首を振って、「金井って人のことは全く知らないので」

「そうですね」

刈谷がわざわざこんな所まで来たのは、大多を多少は疑っているからだろう。

「いや、気を悪くしないで下さい」と、刈谷は大多の思いを察したようで、「別にあなたを疑っているわけでは……」

「しかし、こんな所まで来られたのは、やはり僕のアリバイを確かめたかったのでは?」

「まあ……そうです」

「小森さんとは特別な仲じゃありません。ただ、僕は少々お節介なんです」

「〈ヒロイン〉ですか」

「というと?」

「あのドラマ、女房が大好きで、ずっと録画して見てましてね。あの導入部は事実だったそうですね」

「ええ」

「なるほど親切な方だ」

「放っとけないんですよ。あの場合、誰でも同じようにしたでしょう。小森さんのときもそうでした」

「いや、誰にでもできることではありませんよ。せっかくの親切を疑われては腹が立つでしょうが、これも仕事でしてね」

「分ります」

大多は、金井が死んだ時刻を聞いて、その前後は松村と局で打合せていたと告げた。

「松村もここに来ています。今ちょっと出ているようですが」

「分りました。では、松村さんのお話を伺って引き上げましょう」

刈谷はあくまでていねいだった。

ちょうど、ラウンジから松村が帰って来るのが見えて、大多は呼んだ。

松村も手帳を見て、大多の話を裏付けたので、刈谷刑事は礼を言って帰って行った。

「――そんなことがあったのか」

松村は大多から話を聞いて肯くと、「刑事と聞いて、梨奈の件かと思った」

「梨奈？　自殺未遂だろ？」

「うん。聞いたか。しかし、俺はあそこの社長から相談されたよ」

「何のことで？　梨奈のお腹の子の父親についてか？」

「そうじゃない。実は――」

と、松村は少し声をひそめて、「梨奈は妊娠のせいであんなことをしたんじゃない」

「じゃ、何だ？」

「事務所の金を盗んだ」

「何だって？」

「そっくりの印を作って、金を引き出してたんだ。五千万」

「じゃ、それが知れて？」

「うん。むろん妊娠のせいもあるだろうが、金も絡んでる」

「その金はたぶん男に貢いだんだな」

「おそらくな。――その男がきっと、梨奈の男でもあるんだ」

大多は梨奈が可哀そうで、しばし言葉がなく、さめたコーヒーを少しずつ飲んでいた……。

11 真夜中

机に置いたケータイに、メールの着信音がした。

大多は欠伸しながら、

「何だ、こんな時間に……」

と呟いて、ケータイを手に取った。

メールは野添あやめからで、

〈今から行ってもいい?〉

とあった。

電話すると、大多をびっくりさせると思ってメールして来たのだろう。あやめらしい気づかいだ。

〈いつでもどうぞ〉

と、返信してやると、数分でドアをノックする音がした。

「――ごめんなさい」

あやめはガウンをはおっていた。「仕事中でしょ?」

「さっき終ったところさ」

と、大多は言った。「座れよ。何ごとだい?」

「別にどうってことじゃないけど……。あなたと話したくなって」

「僕でいいのか?」

「他にいないわ。――何か飲物ある?」

「ルームサービスで取ろう」

本当なら、都内のホテルでもないのに、夜中にルームサービスなどやっていないのだが、何しろロケのスタッフ、キャストは夜中も飲むのが多く、特別に対応してくれている。

軽いカクテルを取って飲むと、

「ああ……。少しホッとした」

と、あやめは言った。「あなたがいてくれるだけで」

「買いかぶるなよ」

「買いかぶってなんかいないわ」

と、あやめは言い返して、「私は勝手にホッとしてるの。あなたはいるだけ」

「確かにそうか」

と、大多は笑った。

あやめがちょっと眉を寄せて、

「梨奈ちゃん、助かるといいわね」

と言った。「妊娠させた男が、うまく逃げちゃうんじゃ不公平だわ」

大多は松村の話を思い出した。あやめになら話してもいいだろう。

「な、梨奈のことで、松村から聞いたんだが……」

梨奈が事務所の金、五千万円を偽の印で引き出していたという話をすると、あやめは愕然とした様子で、

「そんなことがあったの……。可哀そうに」

「大方、男に貢いだんだろうな」

「許せない！　そんな男、この手で罪を償わせてやりたいわ」

と、あやめは声を震わせた。

「おい、落ちつけよ。大丈夫か？」

「ごめんなさい……。弱い立場の女の子にお金を盗ませるなんて、ひど過ぎる」

「全くな」

「大多さん」

と、あやめは言った。「あなたも見当ついてるでしょ。――父と母が、私の懐をあてにして、頼ってくるの。私も、できる限りはやって来たけど、限度があるわ」

「うん。――あんまり無理するなよ。君一人の力じゃ、助けると言ったって……」

「私だってそうだもの。梨奈ちゃんがお腹の子の父親を引き止めるためにお金を盗んだって仕方ないわ」

「印を偽造したっていうんだから、計画的だな。男が考えたんだろう」

「平気でやれるようなら自殺未遂を起こしたりしないわ」

と、あやめが言った。「負けるな、って言ってやりたい」

「ロケから帰って、もし梨奈の状態が良くなっていたら、見舞に行こうか」

「ええ、そうしましょ！　ユミカちゃんも連れて、自分が見捨てられてないって分るだけでも大違いだわ」

と、あやめは肯いて、「ともかく、生きてってくれなきゃね……」

と呟いた。


そのころ、入院している梨奈はもう大分回復して来ていた。

夜、病室に回って来た看護師は、梨奈が目を覚ましているのを見て、

「眠れないの？」

と、ベッドへ歩み寄った。

「ずっと寝てるんだもの」

と、梨奈は言って、「レイ子さん、私のこと、ニュースになってる？」

三田レイ子というのが看護師の名である。

三田レイ子は二十二歳の若さだった。十八歳の梨奈からは、「親しみやすいお姉さん」という感

じだった。

「もちろん」

と、レイ子は肯いて、「でも、できるだけ騒ぎにしたくないんでしょ、事務所の方も。詳しいことは伏せてるわ」

梨奈はちょっと目をそらして、

「事務所は、もうとっくに私のことを見捨ててるわ」

と言った。

「そんなことないわよ。梨奈ちゃんは大事なスターじゃないの」

と、レイ子は言った。

梨奈には、事務所が心配していることが何なのか、よく分っていた。

アイドルが十八歳で妊娠した。しかも、相手の名前は言わない。むろん、それだけでも事務所としては困ったことだ。

しかし——梨奈は、自分が五千万円もの大金を「盗んだ」こと。それがすでに事務所に知れていることも分っていた。

今、事務所としてはお金に関するスキャンダルを起して、事務所そのもののイメージダウン、事務所が「危ない」といった噂が立つことを最も恐れている。

万一、それが明るみに出れば、銀行が事務所との取り引きを即座に停止することも考えられた。そうなれば事務所そのものが倒産するかもしれない……。

「それだけじゃないの」

と、梨奈はレイ子に言った。「他にもっと大きな問題が……」

「あ、呼んでるわ」

と、レイ子は言って、「じゃ、梨奈ちゃん、また様子を見に来るわね」

「うん」

急いで病室を出ようとして、レイ子は振り返ると、

「ご両親はみえないのね」

と言った。

梨奈はちょっと詰《つま》ったが、

「来るってメール、来たんだけど、もう大丈夫だからって言ってやったの。却ってワイドショーとかで騒がれるだけだもの」

「それはそうね」

と、レイ子が肯いて、病室を出て行く。

梨奈はぼんやりと薄暗い天井を見上げた。

レイ子になら、何もかも話していいかな、と思う。しかし、レイ子は看護師で忙しく、もちろん梨奈以外にも大勢の患者を担当しているのだ。

レイ子に個人的なことまで打ち明けても、却って迷惑がられるだけのような気がして、梨奈は口をつぐんでしまうのだった。


可哀そうに……。

三田レイ子は梨奈の病室を出てナースステーションに戻りながら思った。

あんないい子なのに。

ナースコールには、もう一人の夜勤の看護師がすでに出向いていた。レイ子は、ナースステーションに座って、夜中にも定期的に点滴を入れたり、薬をのませなくてはならない患者のチェックを始めた。

――可哀そうに。

梨奈がレイ子に隠していることがあるように、

レイ子も梨奈に話していないことがあった。

自殺未遂の騒ぎの中、梨奈は流産してしまっていたのだが、その結果、「将来も子供を産むことが極めて難しい」状態になったのである。

むろん、それを梨奈に告げるのはレイ子でなく医師の役目だ。しかし、十八歳の少女がそんなことを言われたらどんなにかショックだろう。

うまくタイミングをみはからって話さなくては……。

「失礼します……」

おずおずとした声がしても、レイ子はすぐに答えられなかった。

「お待ち下さい」

と、声をかけておいて、レイ子は資料のファイルをしまうと、立ち上った。

目の前に、ちょっとユニークな（としか言いようのない）服装の若者が立っていた。

「あの——すみません」

と、若者は言った。「ここに梨奈さんが入院してるって聞いたんですが……」

この人、誰だっけ？　レイ子はそう考えていて、話をよく聞いていなかった。

「——え？」

と、思わず訊き返す。

「梨奈さんです、タレントの」

そう言われて、レイ子もやっと目の前の若者が年中ＴＶで見る顔だと気付いた。

「ええ……あの……」

と、レイ子は何とか立ち直って、「梨奈さん、一応は面会謝絶になってるんですよ」

と言った。

「そんなに具合悪いんでしょうか」

若者は不安げに訊く。――レイ子はやっと思い出した。

この子、良井一郎だ。

一瞬、レイ子は普通の二十二歳に戻ってしまった。

「あの、良井一郎さんですね」

「ええ」

と、アッサリ認め、「梨奈のこと、心配で。もしちょっとでも会えたら……」

この人。――この人が、もしかして、梨奈の「彼氏」だったのか?

「ちょっと待って下さい」

レイ子は梨奈の病室へと小走りに急いだ。

「――梨奈さん。眠ってる?」

と、中を覗くと、

「いいえ。レイ子さん?」

「ええ、今、あなたに会いたいって人が。どうする?」

「誰かしら」

「良井一郎さん」

少しの間、返事はなかったが、

「――会いたいわ、私も」

と、梨奈は言った。

「じゃあ、来てもらうわね」

レイ子が振り向くと、良井一郎はすぐそばに来ていた。

「どうぞ。お会いするそうです。でもあまり疲れさせないように」

「分りました」

素直に聞いて、良井は病室に入って行った。

「――ああ、びっくりした」

と、レイ子は呟いた。

ナースステーションに戻ってから、胸がドキドキし始めた。

良井一郎は十分ほどで病室から出て来ると、

「ありがとうございました」

と、レイ子に声をかけた。

「あの――お帰りのとき、正面からだとTVの人たちがいるから。他の方法で、見られずに出た方がいいわ」

「ありがとう」

と、良井一郎は微笑んで、「レイ子さんですね。梨奈さんが、とても頼りにしていました」

「どうも……」

「どこか、裏口みたいなもの、ありますか?」

と、良井が訊く。

「地階の駐車場から回って出られますよ」

「分りました」

「ご案内した方がいいですか?」

と、レイ子は言った。

「どこから降りるんですか?」

「じゃ、ご案内します」

「どうも。――元気そうで良かった」

「そうですね」

良井を案内して、裏のエレベーターへ連れて行く。

「じゃ、これで」

「ありがとうございました」

と、ていねいに答えて良井は、エレベーターに消えた。

レイ子は戻ろうとして――。

「え?」

誰かが立っていた。薄暗くて、顔がよく分らない。

「どなた？」

と、レイ子が訊くと、相手が突然ナイフを取り出し、レイ子を刺した。

え？　――どうしたの？

レイ子はよろけた。

相手が素早く消えて、レイ子はヨロヨロとナースステーションの方へと進んだが、そのまま倒れた。

薄れ行く意識の中で、レイ子は駆けつけて来る足音を聞いていた……。

何だろう？

梨奈はウトウトしていたが、廊下が急に騒がしくなって、目が覚めてしまった。

「急いで！　先生を！」

看護師の声は、ただごとでない切迫したものを感じさせた。

不安になって、梨奈は起き上ると、ゆっくりとベッドから下りた。

さっき、良井一郎が訪ねて来てくれた。そのことと何か関係が？

まさか、と思いつつ、スリッパをはいて、そっと病室のドアを開けると、

「出血を止めないと――」

「傷は下腹部」

「レイ子ちゃん！　しっかりして！」

その声に、梨奈はびっくりして廊下へ出た。

廊下に、白衣を血に染めて倒れているのは、三田レイ子だった！

「レイ子さん！」

梨奈が思わず駆け寄ると、

「だめですよ、出て来ちゃ」

と、年長の看護師が言った。「病室へ戻って！」

「どうしたの？　レイ子さん……」

「刺されたんです」

「刺された？」

「誰がやったか分りません。危険があるかもしれないから、早く戻って！」

「でも……助かるの？」

「内臓の様子がどうかです。――急いで下さい！」

当直の医師が駆けて来た。

梨奈は後ずさりしながら、自分の病室へ戻った。

「レイ子さん……」

ベッドに入りながら呟く。「どうして？」

一体誰がレイ子を刺したのだろう？

横になったものの、レイ子のことが心配で、眠るどころではなかった。少ししたら、どんな具合か、訊きに行ってみよう、と思った……。


思い付いて、梨奈はケータイを手に取った。

「――もしもし？」

「良井さん？　今、どこ？」

「ああ、もう外に出て、タクシー探してるんだ」

良井一郎は同じ事務所の二十歳。梨奈ほど売れてはいないが、ＴＶのバラエティなどにはよく顔を出している。

「さっきの看護師さん、憶えてるでしょ」

「レイ子さん、だっけ？　ちゃんと裏から出られるように、ってエレベーターに案内してくれたよ。いい人だね」

「レイ子さん、刺されたの」

しばし間があって、

「――何だって？」

「誰かがレイ子さんを刺したの。あなた、何か見なかった？」

「知らないよ！　エレベーターの所で別れたときは元気だったぜ」

「じゃ、その後ね。誰がやったか分らないの」

「梨奈ちゃん……。まさか僕がやったと――」

「そんなわけないでしょ。ただ――良井さんのこと話すと、あれこれ調べられるわ」

「困ったな……。僕、病院へも顔出すな、って社長に言われてるんだ」

「じゃあ……黙ってましょ。もちろん、レイ子さんが知ってるから、分っちゃったら嘘つくわけにいかないけど」

「そうだな……。うん、何も知らないんだしね、僕」

「ええ。じゃ、そんなことで……」

通話を切ると、梨奈は深く息をついた。

レイ子さん……。助かって！


ケータイが鳴った。良井かと思ったが、公衆電話からだ。

「――もしもし」

と、用心しながら出ると、

「黙ってろよ」

と、妙にくぐもった男の声。

「誰？」

「誰でもいい。――五千万のことは誰にも言うな」

「どうして、そのこと……」

「余計な口を挟むな。死にたくなかったら、黙っていろ」

「――分ったわ」

「お前は人を一人殺してるんだ。忘れるな」

「殺してる？　何のこと？」

「お腹の赤ん坊さ。お前のせいで死んだ」

梨奈は言葉に詰った。

「それは……」

「流産したんだろ。お腹の子供に罪はないのに、可哀そうなことだ」

「だって――」

「自殺しようなんてしなきゃ、そんなことにならなかったんだぞ」

「そんな言い方って……。大体、誰よ、あなた！」

「ともかく黙ってろ」

と、男の声が言った。

梨奈は青ざめた。――冗談でも何でもない。相手は本当に私を？

でも、どうして五千万円のことを知ってるんだろう？

いや、もう事務所には知られているのだから、他の誰かが知っていてもおかしくないが……。あの言い方は、「なぜ五千万円を盗み出したか、黙っていろ」という意味だろう。

梨奈はギュッと目をつぶって胸に手を当てた。

五千万円のことより、あの男の言った、

「お前は一人殺してるんだ」

という言葉が胸に突き刺さった。

そうなんだ。――ごめんなさい、私の赤ちゃん！

私の身勝手のせいで、あなたを殺してしまった……。

梨奈の、固く閉じた瞼から、熱い涙が次々にこぼれて落ちた。

12 訪問者

「やあ、曇って来たな」

と、外での収録をしていたディレクターの宮本はスタッフの方へ、「天気、どうだ?」

「午後は晴れる予報です」

「そうか。山の中だから分らんがな」

と、宮本は少し迷ってから、「よし、昼休みにしよう。ホテルへ戻って待機」

「分りました」

「あやめ君、もし午後雨にでもなったら、明日の分をホテルの中で撮るよ」

「はい」

野添あやめは肯いて、「良かった! ちょっと眠かったの」

と、大欠伸した。

スタッフは残って、役者たちはホテルへと戻って行った。

「——おい、大多さん」

ロケを見ていた大多は宮本に呼び止められた。

「何か?」

「今の場面、少しカットしたいんだ。分ってくれ」

「いいけど……。どうして?」

「少しテンポがゆっくりめになっててね。編集しないと分らないが、時間内に収まらないかもしれない」

「どこをカットするんだ?」

「それはどうしても……」

「新人のユミカの出番だな? 可哀そうじゃないか」

「そこはうまく言ってくれ。まだ先は長い」

「分ったよ」

大多も、宮本がちゃんと正木ユミカを気に入って評価してくれていると分っていた。

その上でのカットだ。宮本の立場になれば仕方あるまい。

「ユミカには話しとく」

「悪いな」

宮本は、大多の肩をポンと叩いた。

大多は山道を少し下って、ホテルの方へと戻って行った。

あやめや、子役のゆいも先に戻っている。

「昼飯かな」

と呟きながら、ホテルへ入ろうとしていると、車の音がして、真赤なスポーツカーが猛スピードで走って来た。

「ワッ！」

大多があわてて飛びのくと、スポーツカーは砂利を飛ばしながら停った。

何て乱暴なんだ！

腹が立って、大多がにらんでいると、車からサングラスをかけた男が降りて来た。

「おい――」

と、大多が文句を言おうとすると、

「おっさん、ノロノロ歩いてると危いぜ」

と、その白いスーツの男が言ったのである。

何だ、こいつは？

怒るよりも呆れていると、

「ごめんなさい」

と、助手席から降り立ったのは、化粧の濃い、年輩の女で、「この人、スピード狂なの」

「高速道路じゃないんだ」

と、大多は言った。「大勢客が出入りしてるホテルの玄関先で、格好つけてどうするんだ?」

「何だと?」

「ちょっと!」

女が男を抑えて、「ここは私に。——ね、あなたここのホテルに?」

「そうですよ」

「ここに今、TVのロケ隊が泊ってるでしょ?」

待てよ、と大多は思った。

この話し方、派手な服装のセンス、どこかで見たことがある……。

「そうみたいですね」

「野添あやめとか、見かけた?」

「ええ……。あなたは?」

「私? 野添早知子。あやめの母よ」

そうか! 遠い昔、あやめにスキーを教えたときに見かけた、「派手好き」で「見栄っ張り」の母親だ!

「僕はシナリオの大多です」

「まあ! それは失礼」

と、急にニコニコして、「あやめがお世話になって」

「いえ……。あやめさんにご用ですか?」

「ええ、まあ……」

と、少し曖昧に、「今、あやめは?」

「この先の橋の辺りでロケだと思います」

と、大多はでたらめを言った。「僕は町の方に出ていたので、よく分りませんが」

「まあ、そうですの。じゃ、ちょっと行ってみますわ」

と、野添早知子は言って、「あなた、車をお願いね」

「ああ……。一緒に行こうか?」

「だめだめ。部屋へ入ってて、先に」

「分ったよ」

早知子は五十過ぎのはずだが、一緒の男はせいぜい三十代半ば。

どうにも怪しげな雰囲気だ。

大多は先にホテルへと入って行った。

ホテルのロビーから大多はあやめのケータイへかけてみた。

少し長めに呼び出してから、

「もしもし……」

と、少し間のびした声が聞こえた。

「ごめん、寝てたのか」

「ちょっと横になったら眠っちゃった。部屋にいるわよ」

と、あやめは言った。

「お母さんが来てる」

大多の言葉に、しばらく返事がなかった。

「――もしもし?」

「母が? ここに?」

「今、ホテルの入口で会った」

大多が手短に説明すると、

「ありがとう、教えてくれて」

と言った。「部屋を取ってるのね?」

「うん。連れの男が手続きしてたよ」

「そう……。逃げ出すわけにいかないわね、それじゃ」

「松村にでも話をさせるか?」

「いいえ。これは私の問題だから」

と、あやめはきっぱりと言った。「ロケに迷惑はかけられないわ」

「僕で何か役に立つなら……」

「ありがとう。――恥をさらしたくないわ。知らん顔してて」

「分った」

「ユミカちゃんをお願い。今夜は母と言い争いになりそうだわ」

あやめは笑って言ったが、声音は暗かった。

「一緒の男が誰か、知ってるのか？」

「会ったことないけど、大方母の共同経営者でしょ」

「共同経営者？　とてもそうは見えないな」

「母は今、宝飾品の店をやってるの。もちろん赤字よ。それで私に借金しに来てるのよ」

「こんな所まで？」

「よほど切羽詰ってるのね。それに、その男がきっとたきつけたのよ」

「大変だね。――待て。今、お母さんがホテルに入って来た。君がホテルに戻ってると聞いて来たんだろう」

「ありがとう。部屋へやって来る前に出るわ。会うなら人目のある所がいい」

「そうだな……」

通話を切ると、大多は野添早知子がエレベーターの方へと歩いて行くのを見送っていた……。

午後はよく晴れて来て、ロケ日和になった。

大多にもスタッフから、

「午後一時からです」

と、連絡が入った。

「分った」

大多も昼食の後、部屋で休んでいたのだが、起き出すことにした。

ロビーへ下りると、ＡＤがいたので、

「あやめさんは？」

と訊いた。

「もう現場です。河原に下りての収録ですから」

「そうか」

では、まだ母親に会っていないのだろうか。

大多はラウンジでコーヒーを一杯飲んで行くことにした。

ロビーが見える席に座っていると、野添早知子と一緒の白いスーツの男がホテルを出て行くのが見えた。

コーヒーが来て、飲みながら、今回のロケの場面をめくっていると、

「野添様ですか？」

というホテルの人間の声がした。

顔を上げると、白髪もかなり薄くなった男性が玄関を入って来たところだった。

「うん、野添というのが泊っていると思うんだが……」

もう六十代も後半だろう。少し足下も覚束ない感じだ。

「お泊りのお客様につきましてはお答えできかねますが……」

「馬鹿を言うな。私は亭主だ。妻の野添早知子がいるはずだ」

あれがあやめの父親か！

「部屋にいるのか？　ケータイがつながらん」

「さあ、それは……」

ホテルの方も困っている。どう見ても、野添あやめの父親は、妻が男と二人で来ていることを知らないようだ。

大多はふと思い立って、玄関の方へと歩いて行った。

「失礼ですが、野添あやめさんのお父様ですか」

と、声をかける。

「あんたは?」

と、いぶかしげに大多を見る。

「大多といいます。今回のドラマのシナリオを書いていまして」

「ああ、あんたが。——あやめの奴が、とてもほめとった」

「恐れ入ります。——あやめさんはロケの現場ですが、行かれますか?」

野添は少しためらっていたが、

「女房がここへ来ているんじゃないかと思ってね」

「ええ、お会いしましたよ、さっき」

「そうか! 今どこに……」

「さあ、そこまでは……。ロケを見に行かれたんでしょうかね。お呼びして来ましょうか?」

「しかし、そんなことまで……」

「いえ、どうせ私も現場へ行くので、もしおいでなら、ご主人がみえてるとお伝えしますよ」

「そいつはありがたい。列車でくたびれてね!」

「じゃ、そちらのソファでお休み下さい。私はもう出るところでしたから」

「じゃ、よろしく頼みますよ」

大多は、ホテルを出て、ロケ現場へと向った。

谷川は水量が多くないので、河原がかなり広い。橋から見下ろすと、河原にカメラを据えて、あやめとユミカ、それに子役のゆいが話している場面だ。

橋の真中辺りで、足を止めて河原を眺めているのは、あやめの母、早知子とあの白いスーツの男だ。

ＡＤの一人が橋の向うからやって来ると、

「すみません！　カメラに入ってしまうんで、どいていて下さい」

と、二人へ声をかける。

橋をバックに入れて撮っているのだろう。

すると、

「何よ、その言い方は！」

と、早知子が甲高い声を上げた。「私は野添あやめの母親よ！　口のきき方に気を付けなさい！」

その声は河原まで充分に届いた。あやめがハッとして橋を見上げている。

大多は歩み寄ると、

「失礼。大多ですが――」

「ああ、さっきの……」

「ご主人がホテルでお待ちです」

大多の言葉がすぐには呑み込めなかったようで、

「主人が？　――どういうこと？」

「さあ。ともかく、今ホテルのロビーにおいでです」

「まさか……。本当に？」

「何か具合の悪いことでも？」

「そんな……。そんなことはないけど」

早知子は口ごもった。

「奥様を捜しておいでのようでしたよ」

と、大多が言うと、

「そんなこと言ってなかったじゃないか」

と、白いスーツの男が文句を言った。

「私だって知らなかったわよ！」

と、早知子が言い返して、「ともかく――ホテルへ戻らなきゃ」

「俺はどうするんだ？」

「そんな……。自分で考えてよ。子供じゃあるまいし」

早知子もかなり苛立っている。

この男と一緒だということは夫に知られたくないのだろう。

「では――」

と、大多が言った。「奥様が先に戻られた方が。こちらの方は――」

「私の共同経営者で玉木っていうの」

と、早知子が言った。

「そうですか。じゃ、少し遅れて行かれて、別に部屋をお取りになったら？」

大多の言葉に、早知子は飛びつくように、

「そうそう。それがいいわ！　私、主人と話してるから。いいわね？」

「分ったよ」

と、玉木という男はふてくされている。

「玉木さんですか。何か荷物を部屋へ置いていませんか？」

「ああ、そうだ」

「じゃ、私が主人とロビーで話してる間に持ち出して！　頼むわよ」

「分った」

「大多さん、ありがとう」

早知子がそう言って、小走りにホテルの方へ戻って行く。

「面倒だな、女ってのは」

玉木は意味のよく分らないグチを言って、ブラブラとホテルへ向った。

大多は橋を渡って、河原へと石段を下りて行った。

「大多さん――」

「今、ホテルにお父さんがみえたんだ」

あやめは目を丸くして、

「父が？　父も来たの？」

「それで、お母さんと彼氏が焦ったわけさ」

あやめはちょっと笑って、

「すれ違いのメロドラマみたいね」

と言った。「宮本さん、ごめんなさい。もう大丈夫」

河原での撮影は順調にスタートした……。

13　複雑な夜

　暗くなってからは、ホテルの中で撮影があって、他の客が珍しそうに眺めていた。

　ベテランの役者が多く、八時には終って、

「よし、今日はここまで」

　と、ディレクターの宮本が声をかけると拍手が起った。

「こんなまと、、、もな時間に夕飯食べられるなんて！」

　と、感激しているのは、いつも片付けが終ると夜中になるスタッフたち。

「じゃ、ロケの人たちは、ダイニングルームに食事が用意してありますので、各自食べて下さい！」

　と、ADが声を張り上げる。

「ああ、疲れた！」

　と、ユミカが汗を拭った。

「頑張ったな」

　と、大多は言った。

「ええ……。もう、これ以上は……。倒れちゃう！」

「おい、ユミカ」

　と、宮本が声をかける。

「はい！」

　ユミカがあわてて直立不動になると、宮本は笑って、

「ずいぶん良くなったぞ」

　と、肩を叩いた。

「本当ですか！」

　ユミカの目が輝く。

「ああ、セリフも自然になった。あの呼吸を忘れるな」

「はい！」

倒れちゃう、と言っていたことなど忘れてしまって、これからでも徹夜だって平気、という様子。

「さあ、夕食にしよう」

と、大多はユミカを促した。

ダイニングルームには、撮影のキャストが大勢いた。スタッフは片付けがあるので少し遅れる。

「——お腹ペコペコ！」

ユミカは、定食の他にカレーライスまで頼んでいた。

「あやめさんは？」

「ああ。——あそこにいる」

奥のテーブルでは、あやめと両親の三人が食事をしていた。

むろん話の中身までは聞こえて来ないが、しゃべっているのは専らあやめと父親。母親の早知子の方は仏頂面をしている。

大方、夫がやって来てしまったので、借金のことをあやめに切り出せず、不機嫌なのだろう。

ダイニングの中を見回すと、隅の方で一人テーブルに向っているのは、白いスーツの玉木だった。——玉木も、本当なら早知子と同じ部屋のはずだったが、成り行きで一人、別の部屋。

早知子が玉木を夫にも引き合せていないのだろう。お互い目も合せない。

何とも妙な光景だった。

「お腹が痛い……」

と言うユミカを見ると、アッという間に定食を平らげてしまっていた。

「そんなに急いで食べるからだ」

と、大多は笑って言った。

「――ね、大多さん。あの白いスーツの人、昼間、橋の上にいた人？」

と、ユミカが訊く。

「そうだよ」

「そう……」

ユミカが小首をかしげている。

「どうかしたのかい？」

「私……あの人、見たことある」

と、ユミカが言った。

「へえ。――どこで？」

「似た人かなあ……。でも、感じがそっくり」

と、ユミカは言って、「いつか、どこかのスタジオで……。私、その他大勢の高校生役で、喫茶店のシーン、撮ってた」

「そのときに？」

「そのとき、梨奈さんが出てたの」

「梨奈だって？」

「ええ。合間にスタジオの隅で、梨奈さんと立ち話してたのが……。あの人だったんじゃないかなあ」

玉木が梨奈と？

大多は思いがけない話に、思わずあやめの方を見た。

ちょうどあやめも大多を見ていて、目が合うと、あやめは視線をラウンジの方へと向けて見せた。

大多は小さく肯いた。

「――先に出るよ」

と、大多は立ち上って、「君は一風呂浴びて来たら？」

「うん、そうする」

ユミカはまだカレーがこれからである。

大多はダイニングルームを出てラウンジへと向った。

大多がラウンジでコーヒーを飲んでいると、少ししてあやめがやって来た。

「私もコーヒー」

と、頼んでおいて、向いの席に腰をおろす。

「ありがとう、大多さん」

「何が？」

「あなたが巧くさばいてくれたおかげで、助かったわ」

「そうかい？　僕は別に……」

と言って、大多は、「まあ、お母さんには面白くない展開のようだね」

「父がいるから、借金のこと、切り出せないのよ」

と、あやめは笑って、「あの玉木って男も何しに来たか分らない」

「そうだな」

と、大多は肯いて、「しかし――見たところどうも玉木と君のお母さん、普通じゃないようだけど……」

「まあね。父も気が付いてるのかどうか。――でも、母はもう五十五よ。玉木より二十くらい年上なのに」

あやめは肩をすくめて、「もちろんお金目当てなのは当然だけど」

「用心した方がいいな。玉木みたいなタイプ、芸能界によくいるが、金になると思えば、とことん甘い汁を吸い尽くそうとする」

「母も、いい加減目を覚ましてくれるといいんだけど……。自分じゃ商才があるつもりなのよ、あれで」

コーヒーが来て、あやめはミルクを入れて一口飲んだ。

「そういえば、ユミカが言ってたんだけど」

と、大多が言った。「玉木のことで」

「ユミカちゃんが？」

あやめが目を見開いた。

玉木らしい男と梨奈が話しているところをユミカが、見たという。それを聞くと、あやめは考え込んでしまった。

「まあ、誰か玉木と似た男だったのかもしれないがね」

と、大多が言うと、

「いいえ。――玉木が梨奈ちゃんに。あり得る話だわ。もちろん、確信があるわけじゃないけど」

「じゃ、もしかすると、梨奈に五千万の金を盗ませたのは玉木かもしれない、ってことか」

「やりかねないわね、あの男なら」

と、あやめは言った。

「まあ、五千万の話は、公になってない。事務所としちゃ、悪い評判を立てられるのが怖いんだろうな」

「そういうところへつけ込まれるのよ、悪い奴に」

「確かにな。――しかし、もう梨奈も芸能界に戻れないだろうな」

「そうね。――あら」

プロデューサーの松村がやって来た。

「まあ、何とかロケは予定通り消化できそうだ」

と、一緒のテーブルにつくと、「おい、コーヒー！」

「どこで晩飯食べて来たんだ？」

わざと訊いてやると、松村はいやな顔をして、

「ここばかりで食ってると飽きるからな」

と、とぼけて、「それより——梨奈のこと、聞いたか」

「何だ？　助かったんだろ？」

「ああ。しかし、流産した」

「まあ」

「それだけじゃない。梨奈の入院先で、看護師が一人、刺された」

大多とあやめは顔を見合せた。

「梨奈ちゃんと関係あるの？」

と、あやめが訊く。

「それは分らないようだが、梨奈と個人的に仲が良かったそうだ」

「でも、まさか——」

「いや、分らないよ」

と、大多は言った。「例の五千万円のことがある。それに絡んで……」

「怖いわね」

と、あやめは首を振った。

「その刺された看護師はどうなったんだ？　助かったのか？」

「命は取り止めたらしい」

と、松村が言った。

「不幸中の幸いね」

と、あやめが言った……。

三人がドラマの話をしていると、

「あやめ」

と、母親の早知子がやって来た。

「どうしたの？」

「どうも……」

と、早知子は大多と松村へちょっと微笑んで見せて、「ね、あやめ、話があるの」

「何？　いいわよ、ここでも」

と、あやめがとぼける。

「あんたと二人でよ」

と、早知子はじれたように言って、「ごめんなさい。ちょっと親子で家族内のことを話すものですから」

「じゃあ、我々は――」

と、松村が腰を浮かす。

「いいの」

と、あやめが遮って止めた。「私が移るわ。お二人はここにいて」

「ああ……。しかし……」

松村はどうしていいか分らない様子である。

しかし、そのとき、

「おい、早知子！」

と、野添湧吉がやって来た。

「あなた……」

「トイレから戻ったら、いなくなっちまって、勝手に出る奴があるか」

「何よ、子供じゃあるまいし」

と、早知子が苛々と、「一人で部屋へ戻ってればいいでしょ」

「風呂だ。露天風呂に入りに行くと言ってたじゃないか」

「ええ、でも……。ちょっとあやめに話があって」

「それなら、俺もコーヒーでも飲んで待ってるよ」

と、野添湧吉は他の席へ目をやる。

「いえ、いいの！」

早知子は諦めたのか、「別に今でなくても。――じゃ、あやめ」

「ええ。お父さんと仲良くお湯に浸ってらっしゃい」

「ええ、そうするわ」

早知子は苦り切った顔でそう言うと、「行きましょ」

と、夫の腕を取って、行ってしまった。

見送って、あやめは笑いをかみ殺している。

「父にはかなわないのね」

「いいのか？」

事情をよく知らない松村はキョトンとしているばかりだった……。

松村が、ユミカのことをほめていると、

「大多様」

と、ホテルのフロントがやって来て、「お電話が入っております」


「ありがとう。――誰かな」

ケータイを知らない人間からかかってくることはめったにないが。

席を立って、フロントへ行くと、受話器を外した電話があって、

「こちらです」

「ありがとう。――もしもし、お待たせしました、大多ですが」

と言ったが――。

向うは黙っている。つながっているのは気配で分るが、

「もしもし？　どなた？」

と問いかけると、

「あの……大多さん……ですか」

女の子の声だ。ためらいがちな、かぼそい声。

「そうですが。――どなた？」

「あの……すみません、お邪魔して」

その言い方と声に覚えがあった。

「もしかして――梨奈ちゃんか？」

と、大多は訊いた。

「はい、そうです」

と、ホッとした様子。

「そうか。大変だったようだね。今は体を休めて――」

と言いかけるのを遮って、

「お願いです！」

と、梨奈が言った。「泊めて下さい、大多さんの部屋に」

「何だって？」

大多は面食らって、「君……」

「今、駅前にいます」

大多は絶句した。

思わずラウンジの方を見ると、松村が立って、部屋へ戻って行くところだった。大多はこっちを見ているあやめを手招きした。

「君、病院から――」

「一人で抜け出して来ました」

と、梨奈は言った。「何とかここまで来たんですけど、そこへ直接行っても――。それに、お金がなくなっちゃって、タクシーにも乗れないんです」

あやめがやって来て、

「どうしたの？」

「梨奈だ」

「え？」

「今、ここの駅前にいる」

「まあ……」

放ってはおけない。

「もしもし。今、僕が迎えに行く。寒くないか?」

「少し……」

「じゃ、どこかに入ってなさい」

「あの……駅前におそば屋さんが……。お腹空いてるんで、食べてていいですか?」

「いいとも。じゃ、その店に行く」

大多は受話器を置いた。

「どうするかな。まさか僕の所に……」

「ユミカちゃんと一緒では?」

「ああ、それがいい」

「私が話しておく。ここの人にも、内緒にして、って言っておくわ」

「頼む。僕は駅へ行ってくる」

「でも、どうしたっていうのかしら?」

「分らないが……。何だか怯えてる感じだったよ」

と、大多は言った。


怯えていても、食欲はあるようだ。

駅前のそば屋に入って行くと、梨奈がせっせと丼ものを食べていた。

「大多さん。——良かった」

「大丈夫なのか、出て来て」

と、大多は座って、「聞いたよ、色々と」

「すみません」

「いいから食べて」

「はい」

梨奈は勢いよく平らげてしまうと、息をついた。

「——ああ! 助かった」

「若いなあ」

「大多さん、来なかったらどうしようって心配してました」

「梨奈ちゃん……」

「病院、怖くて」

と、梨奈は言った。

「看護師が刺されたって?」

「知ってるんですか?」

「さっき聞いた。——君と関係あるのか?」

「たぶん……。凄くいい人で、私のこと、励ましてくれて……」

と、涙ぐむ。

「まあ、今はいい。ともかくホテルに行こう」

「でも、大丈夫ですか?」

「心配するな」

すべては落ちついてからだ。——大多は店の支払いをして、出ると、駅前のタクシーでホテルへと梨奈と共に向ったのだった。


ホテルの少し手前に、あやめが立っていた。

大多はタクシーをその前で停めさせると、梨奈と二人で降りた。

「あやめさん」

と、梨奈が言った。「すみません、お騒がせして」

「いいのよ」

と、あやめが首を振って、「さ、このコートをはおって。それからマスク、持って来た。人に見られても大丈夫」

「すみません」

梨奈はマスクをしてコートをはおった。

「これ以上やると却って目立つわ。——ホテルには、私の親戚の子が来た、って言っといたから」

あやめと大多で、梨奈を間に挟むようにしてホテルへ入る。

何しろ、ロケのスタッフ、キャストの人数が多いので、常時何人かはロビーにいたりする。

実際、今も数人がロビーの大型テレビで野球中継を見ていた。

あやめに気付いて、

「どうも」

と会釈する。

あやめはニッコリ笑って見せた。あやめが目立った方が、梨奈は助かる。

大多は先に立ってユミカの部屋へ向う。

「いいんでしょうか」

と、梨奈は気にしているが、

「私から話しておいたから、大丈夫」

と、あやめは言った。

「いえ、ユミカちゃんに迷惑がかかると――」

「気をつかわなくていいわ」

「でも――」

「何かあっても、マスコミは私の方へ来る。ユミカちゃんじゃニュースにならないからね」

それを聞いて、梨奈は初めて笑顔になった。

「スターって大変ですね」

「そう、スターって、いいことも損なこともあるのよ」

と、あやめも微笑んだ。

ドアをノックすると、すぐに開いて、

「あやめさん」

「ユミカちゃん、いい？」

「もちろんです！」

あやめが梨奈を促す。

大多が廊下を見渡して、最後に入った。

「――ごめんね」

と、梨奈がマスクを外して、「迷惑かけないようにするから」

　しかし、ユミカは梨奈を目の前に見ただけで興奮しているようで、

「ユミカです。――わあ、本物の梨奈さんだ！」

「ありがとう」

梨奈もホッとした様子で、「私の代り、凄く良くやってくれてるのね。嬉しいわ。――少し悔しいけど」

　みんな笑った。

「どうせツインルームを一人で使ってるんで」

　と、ユミカが言った。「ベッド、そっちでいいですか？」

「ええ、もちろん」

「梨奈ちゃん」

　と、あやめが言った。「まだ入院してるんでしょ、本当なら。もし、具合悪くなったら、隠さないで、私に言って」

「はい。すみません」

「流産したこと、聞いたわ。残念だったけど……」

「いえ、無理に産んでも、どうなってたか……」

「ただ、後を大事にしないと。分るわね」

「はい」

「いいわ。ゆっくり休んで。何も心配しなくていいから」

「すみません」

　と、梨奈は目を伏せて、「あの……私のこと……」

「今は何も話さなくていい」

　と、大多が言った。「お風呂にでも入って、よく眠るんだ。いいね」

「はい……」

と、梨奈は深々と頭を下げた。

梨奈は涙ぐんでいた。

「着替えとか、私ので良かったら使って下さい」

と、ユミカが言った。「センス悪いけど」

梨奈はコートも脱いで、ホッとした様子でベッドに腰かけた。

「ただ、病院が困ってるだろう」

と、大多が言った。「捜索願でも出したら厄介だ」

「私、その病院なら知ってる人がいる」

と、あやめが言った。「連絡して、ちゃんと説明するわ。大丈夫」

「すみません」

「担当のお医者さん、分る?」

あやめはメモすると、「――いいわ。部屋に戻ったら電話するわ」

「お願いします」

14 寄生虫

野添早知子は湯上りのほてった顔で、ロビーに来ると、浴衣姿でソファにかけた。

「やれやれ、だわ……」

と、ついグチが出る。「こんな遠くまで来たのに……」

「おい」

と、突然隣に玉木が座って、

「びっくりするじゃないの！」

と、早知子は言った。「人目があるのよ」

「今さら人目を気にするのか？」

玉木は早知子の肩を抱き寄せようとしたが、

「やめて」

と、早知子が押しやって、「主人がいつ出て来るか分らないのよ」

「どうなってんだ？」

と、玉木は肩をすくめて、「ここへ来りゃ一発でOKだって言うから……」

「仕方ないじゃないの。まさか主人が……」

「どうして分ったんだ、ここが？」

「そんな話、今しないで。――誰に聞かれるか分んないのよ」

「分ったよ。だけど、むだ足だった、ってことなのか？」

「何とか、あやめと二人になれるようにするけど……。何しろ、あの子のそばにはたいてい人がいるんでね」

と、早知子は言って、「ね、向うへ行って。じき主人が来るわ」

と、気が気でない様子。

「分ったよ」

玉木は立ち上ると、「ちょっと飲みに出てくるぜ」

「ええ。駅前まで行けば、バーもあるわ」

「遠いな」

「ホテルの車で送ってくれるわよ。あやめの知り合い、って言えば」

「そうするか……」

玉木は面白くもなさそうに肩をゆすって歩いて行った。

ほとんど入れ違いに、野添湧吉がやって来た。

「いい湯だな。また夜中に入ろう」

「ええ、いいわね」

と、早知子は何とか笑顔を作った。

面白くもねえな。


玉木は、早知子に言われた通り、駅前のバーに来ていたが、割合中は広いとはいえ、閑散として、ホステスもいない。

もちろん都心の店とはわけが違う。分ってはいるが、一人で飲んでいても、一向に酔えない。

下手なカラオケをがなっている男にうんざりしていると――。

玉木はふと少し離れたカウンターに一人向っている女に目をとめた。

いつ来たんだ？　それとも、気が付かなかったのか。

スーツ姿の女は、斜め後ろから見ると、なかなかの美人だ。一人で、カクテルを飲んでいる。

退屈しのぎだ。

玉木はグラスを手に立つと、カウンターへと足を運んだ。

女の隣のスツールに腰をかけて、

「一杯おごらせてくれるかい?」

と訊いた。

女が玉木を見る。

照明が薄暗いからかもしれないが、ドキッとするほど、雰囲気のあるいい女だ。

口元に笑みを浮かべると、

「いただくわ」

と言った。「そちらも?」

「ああ。——何にする?」

「もう一杯、カクテルを。少し違うのにして」

と、女がバーテンに言った。

「——旅行かい?」

と、玉木は訊いた。

「ええ」

「一人?」

「ハネムーンに見える?」

玉木は笑って、

「ハネムーンなら、よほど旦那が退屈なんだな」

と言った。

「あなたは?」

「俺か? 連れはいる。いるけど、亭主がやって来ちまってな」

「あら、危い話ね」

「おかげで、退屈し切ってる。——どうだい? 気が合いそうだな、俺たち」

「どうかしら。ここで話してるだけじゃ分らないわ」

「ああ。——ホテルは?」

「すぐそこよ。駅前の。——部屋へ来て飲む?」

玉木はついニヤリと笑っていた。

こいつは、ちょっとした「拾いもの」かもしれねえぞ。

「じゃ、まずこの一杯を片付けてから」

「ええ」

グラスが触れて、軽やかな音をたてた。
五、六分でグラスを空にすると、二人はそのバーを出た。
「風が冷たいな」

「でも、顔がほてってるから、気持いいわ」

――夜道に人はいなかった。

玉木がキスするのを、女は拒まなかった。

「行こうぜ。君の部屋へ」

「ええ……」

女は玉木の腕を取って歩き出した。


やっと眠ったわ……。

野添早知子は、夫が高いびきをかいているのを、うんざりしながら眺めた。

アルコールが入れば眠くなる亭主のことだ、じきに寝入ってしまうだろう、と思ったのだが、野添湧吉は珍しい旅で少々興奮しているのか、なかなか眠ろうとしない。

十二時近くになって、やっと寝入ったところである。

早知子は苛々がたまって、自分でも飲んだものの、一向に酔わない。

夫の口を開けた寝顔をしばらく見ていたが――。

「もう大丈夫」

ここまで眠り込んでしまえば、夜中に起き出すことはまずない。早知子はケータイを手に、それでも亭主の方を少し気にしながら、玉木へかけた。

「――何やってんの」

なかなか出ないので、ブツブツ呟いていると、

「ああ……」

と、ぶっきらぼうな声。

「寝てたの？」

「うん……。いや、そうじゃないけど……」

「やっと主人が寝たのよ」

と、早知子は言った。「そっちへ行っていいでしょ」

「ちょっと――いや、もう今夜はよそうぜ」

「どうして？」

「だって……旦那だって、いつ夜中にトイレにでも起きるかもしれねえぜ。そうだろ？」

「大丈夫よ。そっちに朝までずっといるわけじゃないし。これから行くから」

「だけど――」

早知子は構わず通話を切ってしまうと、ルームキーを手に、さっさと部屋を出た。


廊下を、ひどく酔っ払った浴衣姿の中年男がフラフラと歩いていて、早知子は危うくぶつかりそうになった。

「ちょっと！　気を付けてよ！」

と、早知子はにらんで、先を急ぐと、

「てめえこそ、気を付けろ！　ババア！」

と、もつれた舌で怒鳴ってくる。

腹が立ったが、早知子はともかく早く玉木の所へ行きたくて、放っておいた。

廊下の角を曲がったとたん、

「あ――」

「どうも」

大多と顔を合わせていたのだ。

「どうも、色々……」

と、早知子は口ごもりながら、「ちょっと一風呂浴びてから寝ようかと思って」

「そうですか。おやすみなさい」

大多は愛想よく会釈して行ってしまった。少ししてから、「一風呂浴びる」には、今自分が逆の方へ向っていたことに気付いたが……。

「構やしないわ」

大多は、玉木のことも夫のことも分っている。当然、早知子と玉木のことも知っているだろう。

ともかく今は――。

玉木の部屋へ来て、ドアを叩いた。

しばらく待っても返事はなく、早知子はケータイでかけてみたが、玉木はケータイの電源を切ってしまっているらしかった。

「――何だっていうのよ！」

ドアを何度か叩いたが、何の返事もない。

寝てしまったのか？

「でも……」

立ち去りかねていると、

「今晩は」

と、中年の仲居が廊下を通って、「そこのお客様でしたら、お出かけですよ」

と、早知子に声をかけた。

「出かけた？」

「ええ。駅の方に出られたようですよ」

「それで――戻ってないの？」

「たぶん。戻られたのは見てないです」

「そう……。ありがとう」

一人、早知子は廊下に突っ立っていた。

さっきの電話の様子がおかしかったのは、このホテルにいなかったからか！

「一体どこにいるのよ！」

と、やけ気味に言って、ハッと気付いた。

女だ。――どこか、他の女の部屋でお楽しみなのに違いない。

「憶えてらっしゃい！」

と、部屋のドアに向って文句を言うと、早知子は仕方なく自分の部屋へと戻って行った……。

「いや、たまにゃ温泉もいいな」

と、朝食の席で上機嫌なのは、野添湧吉だった。

「そりゃいいでしょ」

と、早知子が仏頂面。

「おはようございます」

と、大多が入って来て、続いてあやめとユミカがやって来た。

「おはよう」

と、あやめが両親の方へ、「ゆうべはよく眠れた？」

「ああ、ぐっすりな」

と、湧吉は肯いて、「温泉であったまってから寝たから、いつまでも体がポカポカしてたぞ」

「良かったわね」

と、あやめは微笑んで、「時々は二人で旅行するのもいいでしょ」

「ああ、全くな」

と、湧吉は言って、早知子の方は小声で、

「冗談じゃない」

と言っていた。

「私、朝食とったら、そのまま撮影なの。今日帰るの？」

「さて……。どうするかな。せっかくだからもう一泊して行くか」

「好きにして」

と、早知子はふくれっつら。

「じゃ、またね」

あやめは、大多たちと同じテーブルについた。

「――大多さん」

と、ユミカが言った。「梨奈さんに何か持って行ってあげないと」

「部屋へ取れるわ。あなた、食べたら部屋へ戻って、電話で注文してあげて」

「はい。――私、二人分食べてるみたいですね」

と、ユミカは笑った。

朝食はビュッフェスタイル。――ロケ隊の面々は、盛大な勢いで取って食べていた。

むろん、朝食のテーブルでも、あちこちで今日の撮影の打合せが始まっていた。

ユミカはさっさと食べてしまうと、

「じゃ、部屋に戻って……」

「ええ。でも、寝てたら無理に起さなくていいわよ」

「はい」

ユミカは、出ていくとき、監督やスタッフに、

「おはようございます！」

と、声をかけていた。

「――気持のいい子ね」

と、あやめは言った。

「ああ。いつまでもああでいてほしいな」

と、大多がコーヒーを飲む。

そこへ、松村がキョロキョロと見回しながら入って来た。

「松村だ。――何してるんだ？」

大多が手を振ると、松村は見付けて、急いでやって来た。

「どうしたんだ？」

と、大多は言った。

松村はひどくあわてている。

もしかすると、梨奈のことだろうか？　しかし、病院へはあやめが連絡しているので、大丈夫のはずだが。

「――あやめさん、お母さんは？」

「母？　あそこに父と二人で」

松村は振り向いて、

「そうか……」

「どうかした？」

「今、警察からこのホテルへ連絡があった」

「何のこと？」

「お母さんと一緒に来た男性、いただろ」

「玉木のことね」

「玉木っていうんだっけ。――その玉木が、山の方で死んでたそうだ」

大多とあやめは、しばし言葉がなかった。

「――死んだ？」

「ああ。崖下に落ちてた。自殺じゃないかと警察はみてるようだ」

「玉木が自殺？」

「ともかく、お母さんに話してもらえるかな」

「でも……」

あやめはただ呆然としている。

「僕が話そう」

大多が立ち上る。

「お願い。私、どう言っていいか……」

大多は、野添夫婦のテーブルへと向った。

「やあ、どうも」

と、湧吉はニコニコしている。

「奥さん、ちょっとお話が」

「私？」

早知子はふしぎそうに立つと、大多に促されるままに、ダイニングの外へと出た。

「何のご用？」

「ご一緒だった玉木さんですが」

「ええ。あの人が——」

「亡くなりました」

早知子は、しばらくポカンとして大多を眺めていた……。

15　崖下

現場までは、車では行けなかった。

「ここで降りて」

と、大多は言った。「あそこに警官が立ってますね」

「ええ……」

早知子は、まだ半信半疑の様子だった。

車を降りると、警官に教わった山道を上って行く。

「結構きついですね」

と、息を弾ませて大多が振り向くと、早知子がずっと後ろでしゃがみ込んでいる。

大多は急いで戻って行くと、

「大丈夫ですか?」

と、声をかけた。

「ごめんなさい……。胸が苦しくて」

と、早知子は喘ぐように言った。

「無理しない方がいい。ここにいますか?　僕が代りに……」

「いえ……。大丈夫です」

早知子は立ち上って、「あの人のことは、私が……。大多さんだってご存知でしょ、私たちのことは」

「ええ、まあ……。ご主人はご存知ないんですか」

「あの人は、私が女だなんて思ってませんから」

と、早知子は言った。「男が私のことを相手にするなんて、考えてもいないでしょう。たとえお金目当てでもね」

「奥さん……」

「この目で確かめますわ」

と、早知子は大きく息をついて、「手を引いて下さる？」

「もちろん。さ、どうぞ」

大多は、一方の手を早知子の背中に当てて、支えるようにしながら、山道を上って行った。

「――大多さんはやさしいのね」

と、早知子が息を弾ませながら言った。「あの、自殺しかけた人を救った話、感動しました」

「たまたまですよ」

「いえ、そこまでする人は、なかなか……。奥様は幸せね」

「当人がそう思ってるかどうかは疑問ですね」

と、大多は言った。「ああ、そこですね、どうやら」

少し先に、警官が数人立っていた。

一人が気付いてやって来ると、大多の代りに早知子の手を引いてくれた。

「――玉木さんは？」

と、早知子が息をついて言った。

「ここから落ちたようです」

と、年長の警官が言った。「この下は岩だらけの河原でして」

「この下に？」

「ええ。下りて行くのは大変です。川のずっと川下の方から、上って来ないと」

「見えますか？」

「覗き込めば。しかし、足下に気を付けて下さい。危いですよ」

「やめておいた方が――」

と、大多は言ったが、

「いえ、見たいんです」

「じゃ、誰かにつかまって」

若い警官が、早知子の手をしっかりつかんだ。

早知子は道の端へとジリジリと寄って、下を覗き込んだ。

大多も、そばの木立の太い枝をつかんで、下を覗いた。

二十メートル以上あるだろう。下は大きな岩が重なり合うようになって、その間に、玉木は仰向けに倒れていた。

「ここを落ちたら即死ね」

と、早知子が言った。「一瞬のことだったでしょう」

大多も早々に道の真中へと戻った。特別高所恐怖症というほどでもないが、膝が震えている。

「——大多さん」

早知子も汗を拭って、「あなた、どう思います?」

「どう、と言われると……」

「あなた、玉木と会ってるわ。あの人が自殺するように見えて?」

「さあ……。そこまでは分りませんね。何か理由があったんですか?」

「分らないわ。でも——どうなろうと、自殺するような人とは思えない」

「そうですね。——僕もそんな気がしますよ」

と、大多は言って、「でも、そうなると、事故ですか?」

警官の一人が、

「失礼ですが——」

と、声をかけて来た。「こんな所からで申し訳ありませんが、亡くなっている方を確認していただけましたか」

「あ……。はい、間違いなく、共同経営者の玉木さんです。玉木誠といいまして……」

「同じホテルに泊っておいでですね」

「そうです」

「玉木さんに連れの方は?」

当然、早知子が「連れ」である。しかし、

「私は主人と一緒ですが、玉木さんは一人です」

と、答えていた。

「分りました。また後でホテルの方へ伺いますので」

「分りました」

大多は、

「もうホテルへ戻っても?」

と訊いた。

「どうぞ」

——山道を下りながら、

「わざわざこんな所まで来させなくてもいいのに」

と、大多は言った。「本人の確認なら、ここでなくたってできますよ」

「そうね」

と、早知子は肯いて、「でも、どういう所で死んだのか、見られて良かったわ」

「それならいいですが……。玉木さん、知らせなきゃいけない家族とかはありますか」

「ああ……。どうかしら。私はあの人のことしか知らないわ。兄弟とか、そんな話、出たことない」

「ホテルの部屋に荷物がありますね」

「そうね。——どうしたらいいのかしら」

早知子は半ば途方にくれている様子だった。

「ともかくホテルに戻りましょう。少し休むといいですよ」

「ええ。――ありがとう、大多さん」

「いや、別に……」

と、大多は首を振って、「ご主人に話をされますか?」

「あの人は……呑気に温泉にでも浸ってるでしょう。玉木さんが死んだことさえ分っていれば……」

ホテルの車が待っている所まで下りて来ると、大多は息をついた。

車でホテルへと戻る途中、

「ゆうべのことですけど……」

と、早知子は言った。

「ゆうべというと……。ああ、廊下で会ったときの……」

「ええ。――お分りだったでしょ。あのとき、私、玉木の部屋に行くところでした」

「そうでしたか。まあ――大浴場へ行くのなら、方向が逆だな、とは思いましたが」

「あの人、いなかったんです」

「というと……」

「駅の方へ行けば、バーもあるし、行ってくれば、って言ったんです、私。仲居さんの話だと、それきり戻ってないと……」

「すると駅の方へ出かけたんですね? じゃ、なぜ山の方へ……」

ホテルが見えて来る辺りで、ロケが行われていた。野添あやめの姿が見える。

「奥さん、僕はここで。ホテルへ戻られていて下さい」

「ええ。ありがとう。――本当に」

車が一旦停って、大多が降りると、

「大多さん」

早知子が手を伸して、大多の手をギュッと握った。

「奥さん……」

「助かりました。――ありがとう」

早知子はひどく老け込んでしまって見えた。

ホテルの車が走り去ると、

「どうだったの？」

と、あやめがやって来た。

大多はざっと状況を説明すると、

「――お母さんは、かなり参っておられるようだよ」

と言った。

「玉木みたいな男に騙されて……。でも、自分でも分ってたんだわね」

「撮影は？」

「あと二、三カット撮って、次は駅前でロケだわ。――何とか遅れを取り戻せそうね」

「宮本さん、頑張ってるな」

と、大多は一人声をからしているディレクターを見て言った……。

昼食を挟んで、午後は駅前に移動してのロケになった。

「駅の改札口のシーン、セリフを追加したぞ」

と、大多は言った。「ユミカ。君の出番だよ」

「嬉しい！　ありがとう！」

ユミカが飛び上って、「セリフ、いくつでも憶えます！」

「大したことはない。四つだけだ」

と、大多は笑って言った。「君が頑張ってるんで、松村と宮本さんからのプレゼントさ」

「はい！」

書き足した分のセリフを、頭へ入れているユミカを少し離れて眺めていると、大多のケータイが鳴った。

「もしもし」

「奈良本智子です」

「やあ、どうも」

大多は、このドラマがもともと奈良本智子との出会いをきっかけに生まれたことを、忘れかけていた。

「撮影はいかがですの？」

「何とか順調ですよ」

「そのようですね」

「え？」

大多は駅の改札口から、ケータイで話しながら出て来る智子を見て、びっくりした。

「――すみません、驚かせてしまって」

と、智子は笑って言った。

「いや、ちょっとびっくり――。やあ、愛ちゃんも！」

智子の後ろから、可愛いキャラクターの付いたリュックをしょって、愛がついて来ている。

「お店が急な改装で一週間お休みになって」

と、智子は言った。「思い立ってやって来てしまいました。お邪魔はしませんから」

「ホテルは？」

「ええ、同じ所を取りました」

「それはいい。――今、この駅前でロケなんです。見物して行きますか？」

「見てる！」

と、愛が元気よく言って、大多は笑い出してしまった……。

列車から新たに降りた乗客たちが、横目で珍しそうにロケの様子を眺めて行く。

中には、

「これ、〈ヒロイン〉のロケだよ」

と、野添あやめに気付いた客が話していたりする。

「よし！　あとワンカット！」

ディレクターの宮本の声は少しかれていた。

出番の終ったユミカが、見物している大多の所へやって来た。

「大多さん！」

「頑張ってたな」

「私、先にホテルに戻ってますね。梨奈さん、一人だし」

「そうしてくれるか。何か変ったことがあったら、ケータイにかけてくれ」

と、大多は言った。

「はい！」

元気よく言って、「じゃ、行きます」

「おい、待て。歩いてくのか？　大分あるぞ」

「私、お土産も買いたいんで。途中、お店覗いて行きます」

「そうか。じゃ、後で」

大多は、ほとんど駆け出すような勢いで駅を後にするユミカの後姿を眺めて、

「若いな」

と呟いた。

「大変ですね、細かい所に気をつかって」

と言いながら、奈良本智子がやって来た。

「まあね。実際に使うのは、ほんの何秒のカットなんだけど。——愛ちゃんは？」

「向うで、スタッフのお姉さんと仲良くしてもら

ってます」

見れば、ＡＤの女の子が、愛をディレクターチェアに座らせて話している。

「いや、なかなかの貫禄だ」

と、大多は笑って言った。

「そういえば」

と、智子が言った。「スタッフの方に聞きましたけど、どなたか亡くなったんですか？」

「え？　――ああ、玉木のことですね」

「玉木さん？」

「野添あやめの母親と知り合いの男でね。一緒にここへ来てたんですよ」

大多が手短に事情を話すと、智子は肯いて、

「まあ……。野添あやめさんも大変なんですね。役者さんって、派手に見える割には収入は大したことがなくて……」

「そうですね。玉木って男は、ちょっとうさんくさい奴でしたがね」

「ママ」

と、愛がパタパタと駆けて来ると、「お腹空いた」

「あら、そう？　じゃ、私たちホテルに行ってますわ」

「分りました。歩くとありますよ。送らせましょう」

「でも、タクシーが……」

「いや、スタッフの車がありますから」

大多は、ちょうどロケを見ていた松村に声をかけて、智子たちを送ってくれと頼んだ。

「――ご迷惑では？」

と、恐縮する智子へ、

「なに、我が〈ヒロイン〉のモデルですからな」

と、松村は調子良く持ち上げて、「どうぞ、こっちへ。――おい、誰か、車出してくれ」

大多は智子のバッグを持ってやって、スタッフがディレクターなどを乗せる車まで送って行った。

「じゃ、ホテルに着いたら何かお食べ」

と、大多は愛に言った。

「うん。――ね、ママ、今朝パンだったから、ご飯が食べたい」

「はいはい。――じゃ、すみません、大多さん」

「またホテルで。ああ、夕方には終ってホテルに僕も戻るつもりですが、何かあって延びることもある。夕飯も先に食べてて下さい」

「分りました」

「それじゃ、よろしく」

ＡＤの男性が、車を運転して、智子たちをホテルへ連れて行ってくれるのだ。

大多は、車を見送って、再び収録の始まった駅のホームへと戻って行った。

「そうか……」

梨奈がホテルに来ていることを、松村には話しておいた方がいいだろうか？

いや、少し待とう。

梨奈と、ゆっくり話してからだ。

梨奈が盗んだとされている五千万円のこと、そして玉木との関係……。

しかし、今の梨奈にそんなことを訊けば、またどこかへ逃げ出してしまうかもしれない。今はそっとしておこう。――大多は思った。

「ＯＫ！　次のカットだ！」

ディレクターの宮本の声が、駅の中に響き渡った。

16　忙しい夜

「全くもう！　いやになっちゃう」

　野添あやめが、うんざりしたように言った。

「まあ、そう怒るなよ」

　と、大多はなだめて、「酒飲みなら、たまにゃこんなこともあるさ」

「それにしたって……。みっともない！」

　腹立たしさはおさまらないようだ。

　まあ、あやめが怒るのも無理はないので――。

　駅でのロケは夜七時過ぎまでかかり、みんながお腹を空かして帰ってくると、

「あの――お客様」

　と、顔なじみになった仲居が、玄関を上ったあやめの所へやって来て、「お父様が……」

「え？　父がどうかした？」

　あやめは一瞬ドキリとしたが、要は早めに夕食を済ませた野添湧吉が、そのままホテルの中のバーに直行、ホテルに残っていたスタッフを相手に飲んで酔い潰れてしまった、というのだった。

「その辺に放り出しといて」

　と、あやめは言ったが、ホテルの方としてはそうもいかず、

「では、お部屋へお運びしましてお布団に……」

「ええ、よろしく」

　と、あやめは肯いた。

「――さ、夕飯にしよう」

　と、大多は促した。

　食堂へ向いながら、

「飲んでる間に、五十回は『俺は野添あやめの父親なんだ！』って叫んでたって」

「自慢なんだろ」

「それだけじゃない。飲み代をスタッフに出せって言ってるのよ。あの人もケチだから」

と、あやめは顔をしかめた。

「なるほど。体にゃ良くないな」

食堂へ入って行くと、戻って来たスタッフ、キャストはもうせっせと食事している。

「宮本さんが待ってるぜ」

と、大多は言った。「僕は一人で食べる」

「じゃあ」

ここでもスターはスターだ。素の自分に戻ることは許されないのである。

大多は、ディレクターなどの主なスタッフのテーブルと少し離れた席についた。

「大多さん！　いい？」

ユミカが、食べかけの盆を手にやって来た。

「ああ、もちろん」

オーダーを済ませると、「どうだい、梨奈は？」

と、小声で訊いた。

「ええ。しっかり食べてる。ずいぶん元気そうです」

「良かった。君のおかげだ」

「私なんて……」

と、ユミカが照れて笑った。

梨奈にとって、あまり年齢の違わないユミカがそばにいることは、ずいぶん気が楽だろう。

「大きなお風呂に入りたいって、梨奈さん、言ってるんで、夜少し遅くなってから、私、一緒に行こうと思って」

「ああ、そうしてくれるか。マスクして行けばいい。浴場の中は湯気で分らないだろうからな」

スタッフは決った定食だが、シナリオライターとしては、多少特別扱いで、好きなメニューを選んでいい。

小型の鍋が来て、ユミカも面白がってつついていると――。

さっき野添湧吉を部屋へ運んで行ったホテルのスタッフの一人が食堂へ入って来て、あやめの所へ。

大多はちょっと心配になって見ていたが……。

あやめが席を立って、急いで食堂を出て行く。

「何かあったんですか?」

と、ユミカが言った。

「君は食べてなさい」

と言って、大多は席を立った。

あやめの後を追って、野添夫妻の部屋へ。ユミカがついて来ていた。

「君は別に――」

「心配です」

と、ユミカは言った。「私だって、何かお役に立つかも」

「分ったよ」

大多はユミカの肩を叩いた。

二人が歩いて行くと、あやめが部屋から出て来た。

「大多さん――」

「どうしたんだい?」

「母がいないの」

「お母さんが? ここへ戻ってから、どうされてたんだろう」

「この部屋に閉じこもってたって、ホテルの人が」

と、あやめは言った。「でも、さっき父をここへ運んで来ると、中は空で」

「どこかへ出かけた?」

「ホテルの人が訊いてくれてるの。大浴場にはいないって」

あやめは不安げだった。「玉木が死んだことが、母にどれくらいのショックだったのか、見当がつかない」

「そうだなあ……」

大多は考え込んで、「昼間、山へ見に行ったときは、確かにかなり参っておられる様子だったけど」

ホテルの受付の男性がやって来た。

「今、仲居の一人が、お母様をお見かけしたと――」

「どこでですか?」

「お出かけになったそうです。その仲居が『お出かけですか』と訊いても、何もご返事はなかったとか」

「それ――いつのことですか?」

「三十分ほど前だそうです」

大多たちは玄関を出て、表を見回した。

「駅の方へ行ったのかしら」

と、あやめは言った。「気晴らしに散歩でもしてるのならいいんだけど」

「しかし、もう寒いぞ。散歩って気分じゃないだろう。もし、山の方へ行ったんだったら……」

大多とあやめは顔を見合せた。

「――まさか」

と、あやめは言った。「母がそこまで……」

「むだ足になってもいい。行ってみる。君は駅の方を捜したら」

「でも……。心配だわ。私も山の方へ行ってみる」

「私も」

と、ユミカが言った。

「よし。駅の方はホテルの人に任そう」

大多はホテルの人間に駅の辺りを捜してくれと言っておいて、山への道を急いだ。

ユミカも加え、三人で歩き出すと、少しずつ不安が増して、その内小走りになる。

「──先に行きます」

ユミカがジーンズのせいもあって一気に駆け出す。

「若いわね」

と、あやめが息を弾ませた。

「何でもなきゃいいが……」

二人の視界に、あの橋が入って来た。夜は照明があって、橋の上は明るい。

「誰かいる」

と、あやめが言った。

橋の中央、手すりにもたれて立っているのは──確かに早知子らしかった。

「お母さん！」

と、あやめが呼ぶとハッとした様子で、そして何と手すりから身をのり出し、飛び下りようとした。

「何してるの！　やめて！」

「いかん！　ユミカ！　止めろ！」

ユミカは橋に着いていた。しかし、早知子のいる場所までは何十メートルかある。

「お母さん！」

あやめが駆け出す。大多もむろん走ったが、とても間に合わない。

そのとき──ユミカが猛然と凄いスピードで駆け出すと、飛び下りようとする早知子へと飛びかかって、二人は折り重なって橋の上に倒れた。

「やった！」

大多は必死で走った。

駆けつけたとき、早知子は仰向けになって泣いていた。

「よくやった、ユミカ！」

と、大多は喘ぎながら言った。

「もう……お母さん！　馬鹿なことしないでよ！」

あやめは母親の傍に膝をついて、「あんな男の後を追うつもり？」

「あやめ……。ごめんよ……」

「お母さん……」

大多はユミカと二人、あやめたちから少し離れた。

「泣かせておくんだ」

と、大多は言った。「大人なんだからな。立ち直るさ」

「間に合って良かった」

と、ユミカが言った。

「ああ、凄い走りだったぞ」

ユミカは息を弾ませながら微笑んで、

「私、短距離の選手だったんですもの」

と言った。「少しは取り柄ってあるもんでしょ？」

「少しどころじゃない」

大多はユミカの肩を抱いて言った。「君は、すてきな子だ」

ユミカはちょっと照れたように、

「セリフ、増やしてもらえます？」

やっと泣き止んだ、母早知子を支えるようにして立たせると、野添あやめは、

「さ、ホテルに戻りましょ」

「うん……」

「どこか、けがしてる？　肘をすりむいてるわね」

「あ、すみません。凄い勢いで飛びついちゃったから」

と、ユミカが言った。

「謝ることなんてないわよ。この橋から飛び下りてたら命がなかったかもしれないんだもの」

と、あやめは言った。「ユミカちゃん、本当にありがとう」

「いえ、そんな……」

ユミカは赤くなって、「あやめさんにそんなこと言われたら、私、恥ずかしくって」

「ともかくホテルへ戻ろう」

と、大多は促した。「大事にならなくて良かった」

「本当。今、ホテルの人たちも駅の方へ捜しに行ってくれてるのよ。お母さん、もう妙なこと考えないでね」

「ええ……」

早知子は、少しよろけながらも、娘につかまるようにして歩き出したが……。

「でも、あやめ……」

「うん？」

「ホテルに着く前に……もう一つ謝っとかないと……」

「え？　何かあるの？」

早知子は肯いて、

「それもあって、あの橋から飛び下りようと思ったんだよ」

「何なの、一体？」

と、あやめは訊いたが、「大方、お金のことね」

「そうなのよ」

「でも——私だって、そんなにお金は持ってない
わよ」

「分ってるんだけど……。つい、お前の名前を出
すと快く貸してくれるんでね」

あやめは目を見開いて、

「借金？　誰かに借りたの？」

「うん……。二、三人からね」

「呆れた！　人から借りるなら、その前に私に言
ってよ」

「でも、お前は怖いし……」

あやめは苦笑して、

「怖くもなるわよ」

と言った。「借金、いくらあるの？」

「まあ……大体のところ……」

「大体じゃなくて、正確に！」

「ほら、そうやって怒る」

「言わないと、本当に怖くなるわよ」

「それが……三本ほど」

「三本？　——三十万じゃないよね。三百万？」

早知子は黙っている。あやめは唖然として、

「三千万？　本当に？」

「三千……二百万円ほど」

「三千万って……。あんな小さい店に、どうして
……」

と言いかけて、「ま、今はやめましょ。ホテル
に戻ってから」

聞いていた大多は、

「明日、寝不足にならないようにしてくれよ」

と言った。

ホテルに着くと、あやめはホテルの人たちにくり返し詫びて、早知子は肘の傷を手当してもらった。

「——もう、今日はいいから、お父さんと二人でゆっくり寝て」

と、あやめは言った。

「ご主人様は、先ほど大浴場へ行かれましたが」

と、ホテルの人間が言った。

「父が？　あんなに酔ってたのに？　大丈夫かしら」

「上機嫌で歌っておられましたが……」

「全くもう……」

と、あやめがため息をついていると、当の野添湧吉がいささかだらしなく浴衣を着てロビーへやって来た。

「お父さん！」

「何だ、ここにいたのか。——早知子、どこをほっつき歩いてたんだ」

「人のこと言えないでしょ。自分は酔っ払って迷惑かけといて」

「俺が？　俺がいつ迷惑をかけた！　少々の酒ぐらい、水と同じだ。あんなもので酔うもんか」

「呆れた。酔っ払ったことも憶えてないの？」

と、あやめは苦笑して、「お母さん、大変だったんだから」

「早知子が？　——何だ、そこにいるじゃないか」

「ええ。無事だったのよ。ともかく詳しいことは明日！　二人とも寝て」

あやめは二人を追い立てるように両手を振り回した。

「何だかさっぱり分らん」

と、湧吉が首を振って、「自分の娘とは思えん」

「こっちは親と思えないわよ」

と、あやめが言い返した。

両親が行ってしまうと、

「お騒がせしました」

と、ホテルの人間にもう一度詫びて、「大多さん。一杯飲もう」

「もう寝た方が——」

「まだ早いわよ。ユミカちゃん、走って汗かいたでしょ。一休みしてから一緒にお風呂に入りましょ」

「わあ！　あやめさんとお風呂に入れる！」

と、ユミカは飛び上って喜んでいる。

「分った。じゃ、バーに行くか。ホテルの中でいいな」

と、大多は笑って言った。

三人がホテルのバーの方へ行きかけると、

「——あやめ」

早知子が戻って来た。

「お母さん、どうしたの？」

「お父さんが……」

「何よ？　また飲むって？」

「そうじゃないの。廊下を歩いてて、急に倒れちゃったの。呼んでも返事しないのよ」

あやめと大多は顔を見合せた。

「まずいかもしれない。誰か一緒に来て下さい！　どこです？」

「あの……この先……」

大多たち三人はまた走ることになったが——。

廊下に野添湧吉がうつ伏せになって倒れていた。

「意識がない。すぐ救急車を」

と、大多が言った。

「ホテルの車で運びます。救急車はなかなか来ませんから」

「お願いします。おい、手を貸してくれ！」

――結局、呆然としている早知子を残して、あやめがついて湧吉を大急ぎで病院へと運んで行くことになった。

「大丈夫でしょうか」

と、ユミカが言った。

「さあ……。脳出血とか心筋梗塞とかじゃないといいが……」

「大変ですね」

と、ユミカは感心したように、「大人になると、色んなことがあるんですね……」

――しかし、この夜は、それだけでは終らなかったのである。


いい加減くたびれてしまった大多は、ユミカを連れてホテルの中のバーに行った。

もちろん、ユミカはまだ酒を飲めないので、

「ジンジャーエール」

と、注文した。

「大多さん」

と、声をかけて来たのは、奈良本智子だった。

「やあ。もう食事も？　――じゃ、どうです一緒に」

「それじゃ遠慮なく」

と、智子は大多たちのテーブルに加わった。

「愛ちゃんは？」

「ぐっすり眠ってます。大きなお風呂で大はしゃぎしたので」

「なるほど。大浴場は珍しいでしょう」

「ええ。それに、あの子、一度眠るとめったに目

を覚ましません」

智子は軽いカクテルを頼んだ。

そして、一息ついてから、

「さっき何だか騒ぎがありませんでしたか？　どなたか倒れたとか……」

「ああ。野添あやめの父親がね」

「まあ、突然ですか？」

「ええ。色々大変だったんです、今夜は」

どうせ明日になればみんなの耳に入るだろう。大多は野添湧吉のことを話し、さらに、早知子の一件についても、智子に聞かせたものかどうか、迷った末、今は黙っておくことにした。

大多がユミカのことを智子に紹介して、

「新人の中でも光ってますよ」

「やめて下さい」

と、ユミカは照れて赤くなっている。

「あの梨奈って子の代役でデビューすることになったんですよね」

と、智子が言った。

「ギャラが安いからです」

と、ユミカが言ったので、智子が笑って、

「大多さんのお気に入りなのが分るみたい」

智子のカクテルが来て、三人は乾杯した。

そこへケータイの鳴る音がした。

「私のだ」

と、ユミカがケータイを取り出して、

「梨奈さんだわ。――もしもし？」

智子がちょっとふしぎそうに大多を見る。

「実は内緒なんですが、今このホテルに来てるんです」

と、大多は小声で言った。

「梨奈って子が？　まあ……。何かあったんですか」

「いや、それが……」

と、大多が迷っていると、

「待って、大多さんと相談するから」

と、ユミカは言うと、「大多さん、今――」

「どうした?」

ユミカが身をのり出して、

「良井一郎さんが、このホテルに向ってるんですって」

と、声をひそめた。

「良井一郎?　――ああ、同じ事務所だな、確か。でも、どうしてここへ?」

「よく分んないですけど……。梨奈さん、頼りにしてるらしくて」

「ここへ向ってるって……」

「車を運転して来てるみたいです。梨奈さん、マスコミに分ると、社長に良井さんが叱られるって気にしてます」

「やれやれ。――僕が話そう」

と、大多はユミカのケータイを受け取って、

「もしもし、大多だけど」

「ごめんなさい、色々」

と、梨奈が言った。「ただ、私のこと、心配してくれて」

「君は良井君と……その……」

「特別な仲じゃありません。でも、病院にも来てくれて。あの事件の少し前でした」

「そうか。――じゃ、どうするかな」

大多は考え込んで、「良井君はいつごろ着くって?」

「たぶん、後二、三十分って言ってました。出る前に言ってくれたら、止めたんですけど」

「君がここにいることを知ってたんだね」

「すみません。私が連絡取っちゃったので」

「そうか」

大多は肯いて、「――よし。君のこともいつまでも隠しておけないだろう。明日の朝、マスコミにファックスで君がここにいることを公表しよう」

「分りました」

「隠していると、分ったときにあれこれ言われるだろうからね」

と、大多は言った。「もう夜だから、良井君が着いても目立たないだろうが。――近くに来たら僕に電話するように言ってくれ。迎えに出てるようにするよ。部屋も取っておくから」

「すみません」

「君は、ユミカと一緒に、大浴場に行くといい。ずっと部屋に閉じこもってたら、気が滅入るだろ」

「はい、そうします」

梨奈の声は大分明るくなっていた。

大多がケータイを返すと、ユミカは梨奈と少し話して切った。

「これ、飲んだら部屋に戻って二人でお風呂に行って来ます」

「うん、そうしてあげてくれ。女湯の方にはスタッフもあまりいないからね」

ユミカはジンジャーエールを飲み干すと、

「このお代――」

「いいよ。僕の部屋につけるから。プロデューサーのおごりだ」

「はい、ごちそうさま」

ユミカは足早にバーを出て行った。

「気持のいい子ですね」

と、智子が言った。

「いつまでもああでいてほしいですね」

大多は肯いた。

「大多さんは、本当にいい人ですね」

と、智子は言った。「偉い先生なのに、ちっともそんな風じゃなくて」

「偉くなんかあるもんですか。シナリオライターなんて、浮草みたいな稼業ですよ」

と、大多は言った。「シナリオライターはよく小説を書きたがるんです。売れなくても、本の形で残るでしょう。シナリオはそうはいかない。あれこれ、周囲の事情で書き直しもしなきゃいけないし、ドラマになっても、何十年も残るようなものはまれです」

「大多さんも、小説、お書きになれば」


「どうですかね。簡単に書けるもんじゃありませんよ」

「あら、あの方はプロデューサーの……」

大多は、バーに入って来る松村を見て、

「そうだ。あいつにも梨奈ちゃんたちのことを話しておいた方がいい。——おい」

と、手を振る。

「やあ。——こりゃどうも」

と、松村は智子に挨拶した。

「ちょうど良かった。話があるんだ」

「何だ？　トラブルはごめんだぜ」

松村はウィスキーを注文して、「まあ、スケジュールはほぼこなしてる。天気がもってくれてるんで助かるよ」

と言った。

「話って何だ？」

「うん……。あやめの母親が自殺しかけて助かった。父親が倒れて、今病院だ。梨奈がユミカの部屋に泊ってる。その梨奈を訪ねて、良井一郎がもうじきここへ着く。――分るか?」

松村が呆然として、

「――今のは日本語か?」

と言った。

17　湯煙

スポーツカーがホテルの正面に停った。

大多は玄関を出て、車から降りた良井一郎に、

「やあ、大多だよ」

と、声をかけた。

「あ、すみません、わざわざ」

良井一郎は恐縮している様子で、「つい、思い立って来ちゃったんです」

「ま、いいさ。ホテルの人に車のキーを渡したら？　駐車場へ入れてくれるよ。この車は目立つからね」

「そうします」

「部屋は取っておいた。――腹、減ってないか？」

「あ……。実は空いてます。向う出るとき、ラーメン食べて来ただけなんで」

「ホテルの人に頼めば、カレーくらいなら出してくれるとさ。バッグを部屋へ置いたら、ロビーに来なさい」

「すみません。あの……」

「梨奈君はずいぶん元気になった。今、ユミカって同室の子と大浴場に行ってるよ」

「そうですか！　良かった」

「色々話しておくことがある。ロビーで待ってるよ」

ホテルの人間が良井を部屋へ案内して行くと、大多はロビーのソファに座った。

「――大多さん」

奈良本智子が浴衣姿でやって来た。「今すれ違ったの、良井一郎ですよね」

「ええ。今着いたところでね」

「TVで見るよりほっそりしてますね」

「なぜかTVでは実際より太めに映りますからね」

「あの体型を保つのって大変でしょうね」

と、智子は感心した様子で、「とても真似できないわ」

「お風呂に？」

「ええ、愛はぐっすり眠ってるし、もう一度入っておこうと思って」

「いいですね。ユミカたちが入ってますよ」

「それじゃ」

タオルを手に、智子は大浴場の方へ歩いて行った。

「そうか……」

と、大多は呟いた。


人には温泉に来たんだから、と勧めておいて、大多自身はあまり入っていない。

俺も後で入って来よう。大多はTVを点けて、良井がやって来るのを待った……。


「ああ……」

と、梨奈が顎までお湯に浸って、息をついた。

「気持いいですね」

と、ユミカが言った。

大浴場は湯煙で白くかすんでいた。——二人の他にも、二、三人の客がいたが、離れて入っていたので、話し声は聞こえていなかった。

「こうやってボーッとしてると、何もかも忘れられる」

と、梨奈は言った。「ね、ユミカちゃん」

「はい？」

「あなたはまだこれから人気者になるわけだから、思ってもみないでしょうけど、人気って、諸刃《やいば》の刃なのよ。確かにすてきな気分だけど、一方じゃ好きなように町を歩いたり、こっそり好きな人と会ったりできなくなる」

「私……人気者になれるかどうか、分りません」

と、ユミカは言った。「まだ無名の新人ですもの」

「そのころが、後になって思うと、一番いい時期だったかもしれないわ」

「そんな……。梨奈さんだって、まだこれから……」

「私は……もうおしまいだわ」

「そんなことありませんよ」

「ありがとう」

と、梨奈は微笑んで、「流産したことだけならともかく、お金のことがね……。警察へ突き出されても仕方ない」

「梨奈さん……。それって、男の人のためなんでしょう？　悪いのはその男ですよ。梨奈さん一人が罪をかぶるなんて、おかしいです」

「ユミカちゃん……」

「その子の父親って、誰なんですか？」

ユミカは、梨奈が黙ってしまったので、「すみません。余計なこと訊いて」

「いいのよ。ユミカちゃんの気持は嬉しいわ」

と、梨奈は息をついて、「でも――色んなことがあるの、男と女って」

と言うと、

「さ、出ましょうか。のぼせちゃう」

「そうですね。きっと私、ゆでダコみたいな顔になってますよ」

「まあ」

二人は笑った。

熱いお湯から上ると、二人は脱衣所へと出た。

「涼しくて気持いい！」

と、ユミカが息をつく。

積んであったバスタオルを取って、二人は体を拭いた。

「きれいですね、梨奈さん」

と、ユミカがうっとりするように、「私なんか、足短いし、太いし……。とても梨奈さんみたいにはなれません」

「でも、太っちゃいけないって、うるさく言われて、好きなものも食べられない。辛いわよ」

「私、うるさく言われても食べちゃうな、きっと」

と、ユミカは笑って言った。「──あ、そろそろ良井さん、着いてるかもしれませんね」

「そうね。行きましょう」

二人はドライヤーで髪を乾かしてから、大浴場を出た。

「──でも、良井さん、よっぽど梨奈さんのこと、好きなんですね。こんな時間に、遠くまで」

「どうかしら。同じ事務所ってだけよ」

「そんなこと……。本当に良井さん、恋人じゃないんですか？」

「さあね」

と、梨奈は微笑んで、「そう思っててもらった方がありがたい」

「あ、意地悪だなあ」

二人は一緒に笑った。

「──ユミカちゃんのおかげで、私、ちゃんと笑えるようになったわ。ありがとう」

「梨奈さん。それって——私、お笑いの方に行った方がいいってことですか？」

と、ユミカはちょっと複雑な表情で言った……。

良井一郎が部屋からやって来るのを待っていた大多は、いつの間にやらロビーのソファでウトウトしていた。

色々あって疲れていたのだから、無理もない。

すると——。

「大多さん？」

と、名前を呼ばれてハッと目を覚ます。

「ああ……。寝ちまったか」

大多が振り向くと、野添あやめがくたびれ切った表情で立っている。

「やあ。どうしたんだ、お父さんは？」

「ええ、大丈夫。酔って熱いお湯に浸って、一時的に貧血を起こしたみたい」

「じゃ、心配ないのか」

「一応今夜一晩入院させて、病院の方で様子を見ててくれるそうよ」

「それは良かった」

「良かった、って言うか……」

「良かったじゃないか」

「でも、呆れちゃうわよ。人に迷惑かけといて。もういやだ！　バーで飲みましょうよ、大多さん」

「待ってくれよ。今、ちょっと待ってるんだ——」

「待ってるって？」

「だから——」

そこへ、湯上りのユミカと梨奈が笑いながら通りかかった。

「あ、あやめさん」

「ユミカちゃん。一緒にお風呂に入る約束よ」

「はい！　でも……」

と、ユミカが口ごもる。

「大多さん、まさかユミカちゃんを部屋へ連れ込もうって、待ってたわけじゃないでしょうね」

「まさか！　ユミカは梨奈ちゃんと入って来たところさ」

「私、もう一度入ります！」

と、ユミカが言った。「あやめさんと入れるなら、何度でも！」

「のぼせて引っくり返っちゃうよ」

と、梨奈が笑いをこらえて言った。

「いい！　あやめさんとお風呂に入れるなら死んでもいい」

「オーバーね」

と、梨奈が苦笑する。

そこへ、

「梨奈ちゃん」

と、声がした。

良井一郎が立っていたのだ。

「良井君！」

「大丈夫？　心配したよ」

「うん。――ごめんね」

梨奈は良井の手を握った。

「良井一郎君じゃない」

と、あやめが面食らって、「こんな所で何してるの？」

父に付き添って病院へ行っていたあやめは良井が来ることを知らなかったのだ。

「ま、事情は後で」

と、大多が言った。「とりあえず、明日のことを相談しよう」

「分りました」

「ここじゃちょっと……。僕の部屋へ行こう」

と、大多は促した。

残ったあやめは、

「じゃ、一風呂浴びて来るか。——ユミカちゃん、無理しなくていいわよ」

「いえ、一緒に入ります」

「じゃ、行こう」

あやめはユミカの肩を抱いて言った。

「あやめ……」

と、おずおずと呼びかけたのは——。

「お母さん！　忘れてたわ。お母さんもいたんだ」

「ひどいわねえ。お父さんはどうなの？」

と、早知子は訊いた……。


「やれやれ……」

大多は、他に誰も入っていない大浴場で、一人熱いお湯に浸って息をついた。

梨奈と良井と三人で、明日——というよりもう「今日」になっていたが——マスコミ向けに送るファックスの文面を考えたり、良井が事務所の社長に謝るメールを一緒に作ってやったり……。

一銭にもならない仕事を終えて、やっとこうして湯に浸っているのである。

誰かが入って来た。

白い湯気の中、人影はぼんやりとしか見えなかった。

もちろん、遅くに入りに来る客も珍しくないだろう。大多は別に気にしなかった。

もうロケもあと少しだ。——スタッフも、張り切ってはいるが、やはり大分くたびれて来ている。

東京へ戻ったら、一日は休みにした方がいいだろう。——松村に言っておこうと思った。

色々あったが……。

突然、誰かが大多の頭を押えて湯の中へぐいと押し込んだ。

大多は一瞬、誰かがふざけているのかと思った。しかし、上から体ごと沈めようとする力に、これは本気だ、と分った。

溺れさせようとしている！　誰だ？

大多はもがいたが、いきなりのことで、押え込まれてしまっている。お湯を飲まないよう、必死でこらえていたが、苦しくて胸が痛んだ。

このままじゃ、本当に死んでしまう！

そのとき、突然その誰かが大多を離した。——大多はお湯から頭を出して、喘いだ。

「どうしたんですか？」

声がして、頭を振って見ると、良井がやって来る。

「君……。今、誰か……見なかったか？」

と、大多が咳込みながら言った。

「入れ違いに飛び出してった人がいましたけど……」

「顔を見たか？」

「いえ、湯気の中で。——どうしたんですか？」

「いや……。何でもない」

大多は這うようにして、お湯から上ると、フラフラと脱衣所へ出て行った。

誰もいない。——一体何だったんだ？

大多はバスタオルで顔を拭くと、洗面所の冷たい水を飲んだ。

「畜生……。どうしたんだ？」

今の誰かは、はっきりと大多を殺そうとしていた！
改めてゾッとした大多は、そのまま床に座り込んでしまったのだった……。

18 心当り

「どうかしたの？」

と、あやめが言った。

「いや……。別に」

大多は朝食の席で、無口だった。

「ゆうべは色々あったものね」

と、あやめは一人で納得している。

そう……。確かに色々あった。

しかし、その中に「大多自身が殺されそうになる」という一項目があるとは。

大多は、そのショックからまだ立ち直れずにいるのだった。

「——あ、おはようございます」

と、ユミカがやって来る。

そして、梨奈も一緒だった。

食堂で朝食をとる。——公表したので、もう隠れていることもないのだ。

「おはよう」

と、大多もやっと笑顔になった。

「大多さん。色々お世話になりました」

と、梨奈はていねいに頭を下げると、「社長さんからも電話で、ぜひよろしくお伝えしてくれということでした」

「そうか。良かったね、叱られなくて」

「はあ……。もちろん、まだ色々あるんですけど」

と、梨奈は目を伏せたが、すぐに気を取り直したように、「でも、もう人目を避けたり逃げたりしないようにするつもりです」

「それがいい。逃げても解決にならないよ」

「ええ」

「先生」

と、ユミカが言った。「朝ご飯食べたら、今日は午後からなんで、駅の方へ行って来ます」

「分った。松村に言っとくよ」

若い二人がテーブルにつく。

もう梨奈がここにいることは、スタッフの間に知れ渡っている。

早々に食べ終ったスタッフが、食堂を出るとき、口々に、

「梨奈ちゃん、大丈夫かい?」

「元気そうで良かった」

と、声をかけて行く。

梨奈はホッとした様子で、笑顔で答えていた。突然の降板で、スタッフに迷惑をかけたわけだから、梨奈としては嫌われているかと心配だったのだろう。

それでも、みんな仲間意識の強い職人たちである。過ぎてしまったことは忘れてケロリとしているのだ。

大多も、その様子を見ていてホッとした。

「――いい光景ね」

あやめも同じ気持でいたようだ。

「そうだな。このドラマは、きっと最後までうまく行く」

「それって、シナリオ次第でしょ」

「おい、人のせいにしないでくれ」

と、大多は笑って言った。

「私も精一杯頑張るわ」

「うん。――僕も殺されないように用心するよ」

と、何気なく言ったが、

「何よ、それ? 何かあったの?」

あやめの目はごまかせない。

「実はゆうべ……」

危うく溺れさせられそうになったことを話すと、

「呆れた！　警察に届ければいいのに」

「いや、そう言っても、何の証拠も手がかりもない。相手にされないよ」

「だけど……。どういうこと？　あなたを狙うなんて。恨まれる心当りでも？」

「こっちになくても、他の誰かにはあるんだろうな」

「呑気ね」

と、あやめは苦笑した。

「だけど、考えてみても、人を殺すような状況にないんだ。シナリオなら、因果関係がないって言われるだろう」

「そんなこと言って……。気を付けてよ」

「うん……。だが、もし誰かを狙うとすれば、たいていは金か色恋のためだ。何か、僕の知らない事情があるんだろう」

松村が食堂へ入って来ると、大多を捜している様子。

「おい、ここだ」

と、大多が呼んだ。

「良かった。いたのか！」

松村はやって来て、「一緒にいいか？」

「ええ、どうぞ。私は仕度がある」

あやめは先に席を立った。

「朝飯は？」

と、大多が訊く。

「食べた」

誰と？　――そういう野暮なことは訊かない。

「おい！　コーヒーだけくれ！」

と、松村はウエイトレスに声をかけた。

そして、梨奈とユミカの方へ目をやると、

「まあ、元気そうになって、何よりだな」

と言った。「ゆうべはびっくりしたぞ」

「おいおい、君ほどのベテランのプロデューサーが、あれぐらいのことでびっくりしてちゃだめだろ」

と、大多はからかった。

松村にコーヒーが来ると、大多も注文した。

「おい、相談がある」

と、松村が急に言った。

「何だ?」

大体、プロデューサーの突然の相談事というのはろくなことではない。

「ロケも後三日だ。順調にスケジュールをこなしてる」

「ああ。天気にも恵まれたしな」

「それで、スポンサーの方から欲を出して来た」

「何のことだ?」

「この後、東京に戻って撮るシーンがあるだろ」

「ああ。スタジオのセットでな」

「それを、ロケで撮ってほしい」

大多は面食らって、

「何だ、一体?」

と言っていた。

「あれは屋内の場面だろ。スタジオでなく、この近くの別荘の中でも撮れる」

「だからって――」

「スポンサーの持ってる社員用の保養所がある。そこを、今度ホテルに改装したんだ。つい半月前にオープンしたばかりらしいが、まだ知名度がないんでガラガラだそうだ」

「そこを使えって言うのか？」

「ああ。タイトルに〈協力××ホテル〉と出す。もちろん、正面のホテル名のプレートも入る」

「ホテルの宣伝か？　おい……」

「頼む！　ここでスポンサーを喜ばせとけば、次のドラマでもスポンサーになってくれる可能性がある」

「しかし……」

大多はためらったが、何しろ民放にとってスポンサーの意向は絶対である。

確かに同じ屋内シーンだから、手直しはそう難しくない。

「――分ったよ」

と、大多は肯いた。

「やってくれるか！　特別手当を出すよ」

「当り前だ。しかし、どうするんだ？　ここのロケは？」

「もちろん、予定通りさ。ただ、東京に戻らず、直接次のロケ地へ行く」

大多は呆れて、

「しかし、みんな予定ってものがあるんだぞ。特に野添あやめみたいな人気スターは、他の仕事も入ってるだろう」

「そこは何とか事務所の社長にかけ合うよ。だから、あやめを説得する役を、あんたに頼みたい」

「僕が？」

「仲いいじゃないか。な、頼むよ」

と、松村が手を合せる。

大多は少し考えていたが、

「――分った」

「引き受けてくれるか」

「やろう。ただし――条件がある」

「分ってる。脚本料は色をつけるよ」

「そんなこと言ってるんじゃない」

と、大多は言った。「そのロケで、梨奈を出演させたい」

「しかし――」

「役は小さくてもいい。僕が書き足す。梨奈を、ともかく出しておきたいんだ」

松村は苦笑して、

「相変らずお人好しだな」

と言った。「分った。任せるよ」

「それでいい」

大多は自分のコーヒーを飲んで言った。「ユミカにも出番を作る」

ちょうど、梨奈とユミカのテーブルで、明るく弾けるような笑い声が起った。


「野添湧吉さんですね」

と、看護師がパソコンの画面を見て、「――分りました。〈605〉です。エレベーターで六階へどうぞ」

「ありがとう」

大多は礼を言ってエレベーターへ向った。

ゆうべ、野添湧吉が運び込まれた病院である。

あやめはロケがあって動けないので、代りに大多がやって来たのである。

エレベーターを六階で降りて、大多は〈605〉の病室を捜した。

「――ここか」

大多はそっと病室のドアを開けた。

個室なので静かだ。

ベッドに野添湧吉が横になって、眠っているようだった。

起すこともないだろう。

大多は少し様子を見ていたが——。

ケータイが鳴り出して、大多はギョッとした。

切っていなかった！

あわてて廊下へ出ると、ケータイを取り出して、

「今、病院なんだ」

と、小声で言った。「後でかける」

妻の由美である。

「病院？　どこか悪いの？」

と、由美が言った。

「違うよ。人の見舞だ」

「何だ。——ロケ先で？」

「ああ、病人だって出るさ」

「そりゃそうでしょうけど……」

「何か用だったのか？」

「用ってわけじゃないけど、あなた、ちっとも連絡して来ないから」

「すまん。色々大変で」

「分ってるけど。いつ帰って来るの？」

「あ……。少し延びることになったんだ。ロケ地を移動してな」

大多は、病室から離れながら、小声で話していた。

階段があったので、少し下りて、途中で足を止める。

「元気か、そっちは？」

と、大多が訊くと、

「何よ、取ってつけたみたいに」

と、由美が笑っている。

「いや、そういうわけじゃ……」

「いいのよ。分ってる」

と、怒っている様子もなく、「そういえば、美

穂がね……」

「何だ？　美穂がどうした？」

「二、三日前に、表でどこかのおばさんに声かけられたって」

「おばさん？」

「後になって、〈ヒロイン〉の人だった、って言ったって」

「〈ヒロイン〉の人？」

「ほら、お向いの――」

「奈良本智子さんのことか」

「そうそう。その人だったって」

「何か用があったのかな」

「分らないけど、他の人が通りかかったんで、行っちゃったって」

智子が？　本当だろうか。

「今、彼女はこっちにいるぜ」


「まあ、本当？」

「ああ。娘を連れてな。何も言ってなかったが。

――訊いてみよう」

大多はそう言って、「今夜かけるよ。それじゃ」

と、息をついた。

階段の途中に立っていた大多の背中を、誰かが力一杯押した。


「どうしたの？」

ロケ現場で、あやめが大多を一目見て、びっくりした。

「ああ……。ちょっと」

大多のおでこに大きなガーゼが止めてあったので、目立つ。

「けが？」

「まあね……」

大多はチラッと周囲を見て、「お父さんの入院してる病院で、階段から落ちてね」

「まあ、危いわね」

と言ってから、あやめは、「――まさか」

「その『まさか』だよ」

と、大多は肯いて、「誰かに突き落とされたんだ」

「まあ……」

「運が良かったよ。もっとひどいけがをしててもおかしくない」

「誰がやったか、見たの?」

「いや、さっぱりだ。見てりゃ、警察へ駆け込んでる」

「でも、放っといたら……」

「分ってる。だが、もうこのロケも終りだし、みんなで次のロケ地へ移動する。今、そんな騒ぎを起こしたら、ロケが中止になりかねない」

「用心してね。――あなたを頼りにしてるんだから」

と、あやめは言った。

「ありがとう」

と、大多は肯いた。

ロケは駅前の商店街だった。

人気ドラマに使われれば、いい宣伝になる。地元も大いに協力的だった。

「OK!」

ディレクターの宮本の声が響く。「ユミカちゃん、いいよ!」

「はい! ありがとうございます」

「よし、じゃ、昼飯にしよう」

スタッフの間にも、ホッとした空気が流れる。

――昼食といっても、もう午後二時を回っていた。

「お腹空いた！」

と、ユミカがやって来て、大多を見ると、

「大多さん！　どうしたんですか？」

「いや、大したことない。転んだだけだ」

「いいえ」

と、あやめは言った。「ユミカちゃん、大多さん、誰かに命を狙われてるの」

「ええ？」

「あなた、大多さんのこと、好きでしょ？　しっかり守ってあげて」

「――分りました！　命にかえても」

「おい……」

「任せて下さい！　体を張って、大多さんを守ります！」

「そこまで張り切らなくても――」

「本気よ」

と、あやめは言った。「誰かが必ず一緒にいるようにすれば、犯人だって手を出しにくいでしょ」

「しかし、女の子に守ってもらう、ってのは……」

「古いです、そういう考えは」

と、ユミカが言った。「ヤッ！」

ユミカの右の拳が目にもとまらぬスピードで飛んで来ると、大多の顔の二、三センチ手前でピタリと止った。

「君……」

「私、ボクシングやってるんです。誰かが大多さんを殺そうとしたら、一発おみまいしてやります」

「その意気よ！」

と、あやめがユミカの肩を叩いた。

しかし……。大多も、もちろん殺されたくはない。

だが、一体誰が、なぜ自分を狙うのか？

大多には全く心当りがなかった。

「昼食のとき、発表することがある」

と、松村が、スタッフとキャストに呼びかけて回っていた。

19　焦りと苛立ち

　この日も夕食は九時近くになった。

「――スケジュール、大丈夫なのか？」

と、夕食の席で大多はあやめに訊いた。

「何とかするわ。今は〈ヒロイン〉の視聴率がいいし、優先よ」

「私、ロケ、楽しい」

　ユミカが言った。

　ボディガード（？）としては、大多と同じテーブルについていた。そこへ、梨奈がやって来た。

「大多さん」

「やあ、一緒にどう？」

　あやめが大多をつついて、

「野暮を言うもんじゃないわよ」

「あ、そうか」

　梨奈は良井一郎と二人で食事することにしているようだ。

「お邪魔しません」

と、梨奈は言った。「ただ、大多さんにひと言、お礼を言いたくて」

「松村から聞いたかい？」

「はい。嬉しいです。ありがとうございました」

「まあ、まだ書くのはこれからだけどね」

「どんな役でもいいです」

「ともかく、頑張ってね」

「はい！」

「大多さん……」

と、ユミカが言った。「今のドラマに？」

「うん。梨奈ちゃんの出番を作ろうと思ってね」

「嬉しい！」

と、ユミカは手を叩いて喜んでいる。

――昼食の後、松村が新たなロケの件を発表したのだ。

そして、梨奈は、松村から〈ヒロイン〉に小さな役で出演させるということを聞いて来たというわけである。

梨奈がくり返し礼を言ってから、良井の待つテーブルへ戻って行く。

「あなたって、いい人ね」

と、あやめは言った。「どうして命を狙われてるのかしら?」

ともかく、言い出したからには、小さくても印象に残る役を作ろう。

大多はその夜、早速新たなロケのためのシナリオにとりかかった。


「――やれやれ」

気が付くと、午前二時を回っていた。

立ち上って、思い切り伸びをする。

「そうか……」

せっかく温泉に来ているのだ。夜中に一風呂も悪くない……。

午前二時過ぎとなると、さすがに入浴するもの好きもいなくて、大多はゆっくりとお湯に浸った。

そして、部屋へ戻ろうとしたとき、ロビーで、

「いいじゃないか」

という声を聞いた。「もう僕らのことも知れてるんだ」

良井一郎である。

当然、一緒にいるのは梨奈だった。

「待って」

と、梨奈は言った。「大多さんが一生懸命に新

しい役を入れてくれるようにしているのよ」

「それがどうかした？」

「そんなとき、あなたの布団に入って行けない」

「どうして？　今夜シナリオもらうわけじゃないだろ？」

「ね、お願い」

梨奈は良井にキスすると、「今は、ドラマのことだけ考えたいの」

聞いていて、大多には梨奈の気持がありがたく、よく分った。

思いがけず、出演できることになって、梨奈は心構えを持とうとしている。しかし、その心理が、良井には分らないのだろう。

「——ともかく、後は東京に戻ってから。ね？」

と言われて、

「分ったよ」

と、渋々承知したが、

「あなた、次のロケはどうするの？」

「うん……。社長に訊いてみるけど、もし君が僕の所に泊ってくれるのなら、ついて行くよ」

「たった今言ったでしょ。東京に戻ってからよ」

「うん……」

「じゃ、もう寝るわ。おやすみなさい」

「おやすみ」

良井はふくれっつらである。

まだやっと二十歳の良井のことだ。恋人として発表までしているのに、どうして何もさせてくれないのかと不満なのだろう。

若いのだから、その気持も大多には分らないではない。ただ、今の梨奈はプロの役者としての自分に集中したいのだ。

良井はその点、プロの自覚に乏しいと言ってもいいだろう。

梨奈が行ってしまうと、良井は少しの間未練ありげにロビーに座っていたが、やがて諦めて、自分の部屋へと戻って行った。

大多がロビーを横切って行くと、

「あら」

浴衣姿の奈良本智子だった。

「やあ、こんな時間に？」

「目が覚めたものですから。——大多さんも？」

「僕は仕事の息抜きですよ」

「あ、そうなんですね」

と、智子は笑って、「ご苦労さまです」

「では、おやすみなさい」

大多は、智子に会釈して、部屋へと戻って行った。

夜は静かにふけて行ったが……。


部屋の電話が鳴っていた。

「何だよ……」

良井一郎はその電話で目が覚めたものの、時計を見ると、四時近い。午前四時？

こんな時間に、誰だ？

電話は鳴り止まず、良井は仕方なく手を伸して受話器を取った。

「はい……」

と、欠伸しながら出たが、向うは何も言わない。

「——もしもし？」

すると、何だかグスグスという音が聞こえて、

「ごめんなさい……」

と、囁くような声が言った。

「え？」

「まだ怒ってる？」

「——梨奈？　梨奈か」

「私……悪かったわ……」

何だか声が遠い。

「いや、別に怒っちゃいないよ」

と、良井はベッドに起き上ると、「ただ——君が冷たいなと思ってさ」

少し間があって、

「ね、ロビーに来て」

「今から?」

「誰もいないわ。暗いし。待ってる」

「でも——。もしもし?」

切れてしまっていた。

ロビーに?　でも、まさかロビーで梨奈を抱くわけにも……。

「ま、いいか」

せめてキスぐらいしてやろう。

良井は起き出すと、パジャマの上に、持って来たガウンをはおった。

そうか。部屋には、あのユミカとかって子がいるんだ。

あの子、いくつだっけ?

良井は部屋を出ながら、

「あの子もいいな……」

と呟いていた。
十六、七か。まだ初々しくて可愛い。
俺みたいなスターが、

「ちょっと付合えよ」

と誘えば、喜んでついて来るだろう……。

うん。もし、この先のロケにもついて行けたら、ちょっと声をかけとこう。

良井は、梨奈に会おうというのに、ユミカのことばかり考えていた。

ロビーは、確かに明りが消えて、暗かった。むろん、真暗というわけではないが……。

「どこだ?」

と、良井は小声で言った。「梨奈。──どこにいるんだ?」

ロビーの奥の方で、物音がした。

じっと目をこらすと、ロビーの奥のソファのかげからスッと白い人影が立ち上った。

「梨奈か?」

と、良井はそっと近付いて行ったが……。

暗がりに目が慣れて、その白いものが、後ろ姿の女性だということ──しかも、裸の女性だということが分った。

「梨奈……」

良井はゴクリとツバを飲み込んだ。

今や、その白い肩の曲線や、背中の滑らかなつややかさまで見てとれる。

「梨奈……」

良井は、少し上ずった声で言った。「可愛いよ!」

そして、その白い肩へと、そっと手を伸して、指先が触れた。


「おはようございます!」

いつものユミカの元気な声が食堂に響いた。

「おはよう……」

と、大多は答えながら、大欠伸した。

「大多さん、寝不足?」

「まあね……。ゆうべ頑張って、追加シナリオの分を書いてた」

と、大多は言って、コーヒーを飲んだ。

「ご苦労さま」

と、一緒に食べているあやめが微笑んで、

「ちゃんと、ユミカちゃんの分も、セリフが増えたわよ」

「本当ですか？　嬉しい！」

ユミカも同じテーブルに加わった。

「梨奈ちゃんはどうした？」

と、大多が訊くと、

「起きてましたけど……。良井さんに電話してから来るって」

「そうか」

大多は、ゆうべ良井が梨奈へ言い寄って拒まれるのを見ていた。梨奈としては、少し気になっているのだろう。

ユミカが、しっかりご飯とミソ汁の朝食を取っていると、梨奈がやって来た。

「おはようございます」

「やあ。——眠れたかい？」

「ええ。ただ……」

「どうした？」

「良井さんが、部屋に電話しても出ないんです。ケータイもつながらない」

「そうか。ここにも来てないな」

「私も一緒に食べていいですか？」

「ああ、もちろん」

「じゃ、失礼します。——ユミカちゃん、その焼魚、おいしそう」

梨奈もしっかり朝食を取っている。

すると、そこへホテルの受付の男がやって来て、

「失礼します。梨奈さんで？」

「はい、そうです」

「良井さんが、これを」

と、たたんだ手紙らしいものを渡す。

「良井さん……どこに？」

と、梨奈が当惑して訊くと、

「今朝早く、お発《た》ちになりました」

「発った？　帰った、ってことですか？」

梨奈が愕然とする。

そして手紙を広げて、目を通したが……。

「——どうかした？」

と、あやめが言った。

「何だか……よく分りません」

「読んでもいい？」

「ええ……」

梨奈が手紙をあやめに渡した。

「僕も見ていいかい？」

と、大多が訊くと、梨奈は肯いた。

それは、ひどくあわてて書いたような、乱れた字で、

〈梨奈。

ゆうべはごめん。君の気持をよく分っていない僕が悪かった。

ずっと一緒にいると、君のジャマになりそうだから、一足先に東京へ戻ってるよ。

ドラマ、がんばって。

良井一郎〉

あやめが梨奈を見ると、

「ゆうべのことって……」

梨奈が目を伏せる。——大多は、

「ゆうべ、たまたま温泉に入りに行ってね。君と良井君の話を聞いてしまった。良井君が言い寄ってたのを、君は拒んだね。しかし、君の方が正しいよ」

と言った。

「見てたんですか」

と、梨奈は恥ずかしそうに、「私——あれで良かったと思ってます。ただ、この手紙……」

「何か気になることでも？」

と、大多が訊くと、

「良井さんが、こんな筋の通ったこと言うなんて、変だと思って。あの人、わがままなので、私に腹を立てて東京へ帰っちゃったのなら分りますけど」

梨奈の冷静な見方に、大多はホッとすると同時に、つい微笑んでいた。

「良井君も、少し大人になったのかもしれないよ。東京に帰ったら、また連絡してみるといい」

「そうします」

梨奈は手紙を小さくたたんで、テーブルに置いたケータイの下に入れると、「さ、食べよう！」

と、朝食を続けた。

20　幼い視線

「これじゃあ、まるで僕の方がどうかしてたみたいな……」

と言いかけて、良井一郎は、「ごめん！」

ディレクターがため息をついて、

「たったセリフ三つだぜ！　それくらいしっかり頭に入れて来いよ」

と、文句を言った。

「だって、長くて言いにくいんだよ、このセリフ」

と、良井は口を尖らして言った。

スタジオの中に白けた空気が流れる。ディレクターは、他のスタッフと小声で打合せてから、

「分った。良井のセリフ、一つ削ろう。で、今のセリフは、不満げな表情のアップで済ませる」

――東京のスタジオである。

良井は、急に入ったドラマの収録で、ここへ来ていた。とはいえ、出番はワンシーン、セリフも三つだけ――それも今、二つに減らされたところだ。

「待ってよ」

と、良井は少し焦って、「別に言うのがいやだって言ってんじゃないよ。ただ、言いやすいように言葉を換えて――」

「セリフを手直ししてるような余裕はないんだ」

と、ディレクターは遮って、「文句があるなら、降りてもらうぞ。お宅の社長に頼まれたから、こうして出てもらってるんだ。やりたくなけりゃ、降りてくれ」

そこまで言われたことのない良井は、青ざめた。

「――分ったよ」

畜生！　こんな面白くもない刑事ものなんて、こっちから願い下げだ！

そう言ってやりたかった。

しかし、社長が怒るだろうと分っていたので、何とかこらえたのだ。

ディレクターが、ちょっと皮肉っぽく、

「これは〈ヒロイン〉みたいな人気ドラマじゃないんだ。君は〈ヒロイン〉に飛び入り出演したそうじゃないか」

「出ちゃいませんよ」

と、良井は言ったが、相手はもちろんそうと分って言っているのだ。

〈ヒロイン〉をめぐって、梨奈との間を取り沙汰されていることを皮肉っているのだった。

ともかく、セリフ二つを無事こなし、良井の出番は終った。

――メイクを落とした良井が帰りかけると、廊下をやって来た女の子と目が合った。

「ああ、ゆいちゃんか」

〈ヒロイン〉で、あやめの娘の役をやっている、子役のゆいだ。

六歳の子役は、なぜか良井を見るとハッとした。

「今日は……」

「〈ヒロイン〉、終ったの？」

と、良井は訊いた。

「あの……今日だけ帰って来たんです。ＣＭがあって」

六歳にして、ＣＭにも引張りだこである。

しかし、ゆいは良井を見て、明らかに困った顔をしていた。

「どうした？　何か僕の顔についてるかい？」

と、良井が訊くと、

「別に」

と、首を振る。

「じゃ、何だ?」

「あの……」

ゆいは、じっと良井を見て、「私、見てたの」

「何を?」

「夜中に目が覚めて……。ロビーの所に行ったら……。良井さん、裸の女の人と……」

良井の表情がこわばった。

「それ、誰かにしゃべった?」

「言ってない」

と、ゆいは首を振った……。

「そうか……」

良井一郎は、周りを見回して、人がいないのを確かめると、「――な、ゆいちゃん、大人は色々あるんだよ。ゆいちゃんにはまだ分らないだろうけど」

ゆいは六歳にしては大人びた目で良井を見ていたが、

「黙ってればいいんだよね」

と言った。

「そうそう。ママやパパにもね」

「パパはいない。ママだけだよ」

「そうだっけ? じゃ、ママにも言わないで。いいね?」

ゆいは肯いた。良井はゆいの頭を軽くなでて、

「ゆいちゃんは頭のいい子だものな」

と言った。

「ママもしてる、ああいうこと」

と、ゆいが言った。

「え?」

「時々、TV局の人とか、事務所の社長さんと、凄く遅く帰って来るの。私が寝たふりしてると、二人でキスしたり……」

「そうか」

「きっと、あのロビーで良井さんのしてたようなこと、家へ帰って来る前に、どこかでして来るんだよね」

ゆいの言葉は淡々としていたが、それだけ胸に響いた。さすがの良井も、言葉がなく、

「大変だね……」

と言っただけだった。

「誰かが言ってた。『ゆいちゃんのママは、酔っ払うと、だらしなくなるんだよね』って」

「お酒か……」

「良井さんも酔っ払ってた？」

「あ……。いや、寝てたとこを起こされてね……。ちょっと……人違いだったんだ」

「ふーん」

「さ、もう行かないと。これからだろ、仕事？」

そこへ、

「ゆい！　何してるの？」

と、甲高い声がした。

「ママ、今行くよ」

ゆいはそう言って、「じゃ、良井さん」

「ああ……」

「また〈ヒロイン〉のロケに来る？」

「どうかな。ちょっと忙しくってね」

「じゃ、さよなら」

「さよなら……」

ゆいが、派手な色のスーツの女性の方へと駆けて行く。

あれが「ママ」か。三十五、六ってところだろ

うか。

「だけど……どうしてあんなことになったのかな……」

と、良井は呟いた。

「あの人、誰?」

ママに訊かれて、ゆいは、

「良井一郎さん」

と答えた。

「ああ……。どこかで見たと思った」

「〈ヒロイン〉のロケに来てたんだ」

「そう。出てるわけじゃないんでしょ?」

「うん。梨奈さんに会いに来たみたい」

ゆいの言葉に、

「そうだったわね! TVのワイドショーで見たわ」

と、前畑久子は肯いた。「何のお話してたの?」

「別に」

と、ゆいは言った。

話したくないことを訊かれたら、「別に」と答えておくのが一番いい。ゆいが自分で考えた「生活の知恵」である。

「じゃ、もうスタジオの方へ行くわよ。遅れちゃいけないからね」

CMの撮影は、拘束時間がそう長くない割にお金になるので、事務所も喜ぶ。

「やあ、ゆいちゃん」

ディレクターが笑顔で迎えてくれた。

「じゃ、早速衣裳とメイクを。――おい、頼むぜ」

ゆいは女性スタッフの手に渡された。

衣裳はあまり気に入らなかったが、まあこれも仕事だ。

「はい、ゆいちゃん、メイクね」

鏡の前に座ると、ゆいもよく知っているメイクのお姉さんが、早速ゆいの顔にクリームを塗る。

ゆいは、鏡の中で、どんどん可愛くなって行く自分の姿を眺めていた。

私って可愛い。——いつも、ゆいは鏡の中の自分に見とれていた。

でも、もちろんそんなことは口に出しちゃいけないのだ。

「——あ、もしもし。——ええ、これからCM」

ママの声がする。

ケータイで誰かにかけてるんだ。良井さんがホテルのロビーでやってたようなことをするために……。

いやだ、いやだ。


あんなことして、何が面白いんだろう?

ゆいは、ちょっと顔をしかめた。

「痛かった?」

と、メイクのお姉さんに訊かれて、

「ううん、そうじゃないの」

と、ゆいは急いで首を振った。

「気になることがあったら言ってね」

「うん」

ゆいは肯いて、「——ね、好きな男の人、いる?」

「まあ! 突然何なの?」

と、メイクの女性は笑って、「そりゃあ、いるわよ。もう大人だもん」

「ふーん」

「どうして?」

「別に……」

と、ゆいは言った。

ゆいにも何となく分っていた。ママは寂しがり屋なんだ。

もちろん、ゆいと一緒に暮しているが、ゆいじゃ話し相手にならないことがある。

だから、男の人と付合っていたい。——そんなママの気持を、ゆいは察していた。

だから、ママが遅くに男の人と帰って来ても文句を言ったことはないし、ママの方も、ゆいに知られたくないみたいだから、知らないふりをしてあげている。

でも——やっぱり、ママが帰って来て、男の人を部屋へ入れ、またお酒を飲んだり、キスしたりするのはいやだった。

ママが何をしたっていい。でも、せめて見えないところでやってほしい……。

そうだよね。——ゆいは思った。

きっと、あの子もそう思ってる。

良井さんと自分のママが、ロビーで、あんなことしてたと知ったら、あの子だっていやだろう。

あの子……。何ていったっけ？

まだ四つだって言ってた。——うん、愛ちゃんだ。奈良本愛。

「大多さん」

ホテルのロビーで声をかけられて、大多は振り返った。

「やあ」

奈良本智子が、愛の手を引いて立っていた。

「お世話になりました」

「いや、楽しかったかな？」

と、大多は愛に言った。

「うん」

「それなら良かった」

と、大多は愛の頭をなでて、「お帰りですか」

「ええ。皆さん、次のロケ地に……」

「そうなんですよ。急なことでね」

「今日、行かれるんですか?」

「車で二、三時間らしいので、そう遠くはないんですがね。今日の午後に」

「じゃ、私がお先に。昼の列車で東京に戻ります」

「そうですか。じゃ、お仕事頑張って下さい」

「ありがとうございます」

二人は朝食を済ませて、部屋へ戻るところだった。

「じゃ、戻って仕度しますので」

「それでは」

智子は笑顔で会釈すると、愛の手を引いて歩いて行った。

愛が、

「もう一回、大きなお風呂に入りたい」

と言って、

「もうそんなお時間ないわよ。また今度来ましょうね」

と、智子が言い聞かせている。

見送って、大多はつい笑顔になっていたが、

「——あ、そうだ」

忘れていた。妻の由美の話だ。

奈良本智子が団地に戻っていたという……。

しかし、そんなことがあるだろうか?

大方、美穂が他の人を見間違えたのだろう。

智子がわざわざ途中で東京へ戻る理由もないし、それならそう言うだろう。

まあいい。どうってことじゃない。

「——おい」

プロデューサーの松村が玄関から入って来た。

「やあ」

「午後の三時に、バスを手配してあるからな。——野添あやめも一緒でいいかな。別に車を用意するか？」

「その必要はないよ」

と、大多は言った。「むしろ、他のスタッフと一緒の方が喜ぶだろう」

「それだと助かる」

と、松村はホッとした様子で、「あやめのことは頼んだよ」

「それはいいが、入院してるあやめの父親の方、よろしく頼むぜ」

「分った」

「じゃ、こっちも仕度するかな」

と、大多は伸びをして言った。

ロケは、ごく簡単なカットを撮るだけだったので、午前中に終り、大多はホテルを出て、駅前に行ってみた。

スタッフの何人かは、仕事で東京に戻ることになっていて、駅前の土産物屋で買物をしていた。

大多もブラリと店に入って、お菓子などを眺めていると、

「あ、大多さん」

ユミカが手を振っている。

「やあ」

「勝手に出かけないで下さい。ボディガードにひと言ってくれないと」

「そうだったな」

「笑いごとじゃないですよ」

「分ってる。しかし、どう考えても……」

「あ、愛ちゃんだ」

土産物屋に、智子が愛と一緒に入って来たのである。

「あ、大多さん」

智子は微笑んで、「そろそろ駅に行ってようと思って。ご近所にお菓子でもと」

「そうですか。まあ、お見送りはしないけど、気を付けて」

「どうも」

大多はまだ東京へ帰るわけではないので、表に出て、

「お茶でも飲むか?」

と、ユミカに訊いた。

「それなら、そこの甘味屋さんのお汁粉がおいしいですよ」

「すぐ見付けるもんだな」

と、大多は笑って、「よし、僕もお汁粉にしよう」

二人で店に入って、表の見える席につく。

お汁粉を食べていると、智子と愛が表を通って行った。

すると――駅の方から来た背広姿の男が、智子と顔を合せて、愛想よく何度も頭を下げたのだ。

「――誰だ、あれ?」

と、大多は首をかしげた。

「知らない人ですね。ここの人ですよね、たぶん」

と、ユミカは言った。

すると、智子に挨拶していたその男が、大多たちのいる甘味の店に入って来たのである。

「お汁粉ね」

常連らしく、お店の女の子も何やら話しかけたりしている。

おしぼりで顔を拭くと、その男は店の中を見回して、大多たちに目をとめた。

「やあ、これは」

と、その男は言った。「〈ヒロイン〉のロケ隊の方ですね」

大多はちょっと面食らって、

「まあ、確かに……」

「そうだ！　シナリオライターの大多歩先生ですよね」

「よくご存知ですね」

「ええ、知ってますとも！」

その男はわざわざ立って、大多とユミカのテーブルへやって来ると、「実は私、シナリオの通信教育を受けてるんですよ」

「そうですか」

「色々、シナリオ公募にも出してるんですが、いやなかなか難しいもんですね」

「まあね……」

「失礼しました。私、清原といいまして」

男が名刺を出す。

「レンタカー？」

「ええ、この駅前でレンタカーの会社をやってます。もちろん、ささやかなもんですがね。あ、清原は本名でして、シナリオを書くときは、ペンネームで、〈杉本清澄〉と……。ふざけた名ですが」

と、名刺の裏に書いてみせて笑った。

「まあ、頑張って下さい」

他に言いようもない。

「もうロケも終りだそうで。今、奈良本さんから伺いました」

それを聞いて、大多は、

「奈良本さんをご存知で？」

「ええ。お得意様と言いますか……」

「お得意？」

「何度かご利用いただきました。東京まで夜中に行かれて、また戻られたり、何度も」

「東京へ？」

奈良本智子が東京へ車で……。では、美穂が会ったのは本当に智子だったのか。

しかし、なぜそんなことをする必要があったのだろう？

「お汁粉ですよ」

と、店の女の子が言って、

「ああ、それじゃ失礼します」

と、清原は何度も頭を下げて、自分の席へ戻って行った。

「――大多さん、どうしたんですか？」

と、ユミカがふしぎそうに、「何だかぼんやりしちゃって」

「いや、すまん……」

と、大多は首を振って、「何でもないんだ」

「でも、奈良本さん、どうしてそんな面倒なことしたんでしょうね」

「うん……。まあね」

そう訊かれても、大多自身がびっくりしているのである。

――ユミカと二人、お汁粉を食べ終えて外へ出ると、大多は駅の方へ目をやって、

「君、先にホテルへ戻っててくれ」

と、ユミカに言った。

「どうして？」

「ちょっと駅へ行ってみる。彼女の列車がまだ出ていないかもしれない」

「奈良本さんの？　私も行きます」

「いや、これはプライベートな話だから」

「私、ボディガードです」

と、ユミカは言い張って、「駅の外で待ってますから」

「分ったよ」

大多は苦笑した。

しかし、駅へ着くと、ちょうど列車がホームを離れて行くところだった。

ホームに、奈良本親子の姿はない。

「間に合わなかったか」

「何か深刻な話だったんですか？」

「深刻な、ね……。もしかしたら、そうかもしれない」

「じゃ、東京まで追いかけて行く？」

「まさか。——さ、ホテルに戻ろう」

智子が東京へ夜中に行っていたとしても、そのこと自体がどうというわけではない。大多の知らない用事があったのかもしれないし、そもそも彼女の私生活に、大多は特に係っているわけでもない。

しかし——智子は〈ヒロイン〉を書くきっかけになった女性だ。

大多としては、放っておけばいいとは言っていられない気持だったのである……。

「あ、松村さんが」

と、ユミカが言った。

「ああ……」

プロデューサーの松村が、土産物屋から紙袋をさげて出て来た。

「松村さん！」

ユミカが呼びかける。

「何だ、こんな所にいたのか」

と、松村は言って、「何人かは次のロケ地に行かないから、お菓子でも持たせてやろうと思ってね」

「親切だな」

「野添あやめの記事が、今朝のスポーツ紙に出てた。見たか？」

「いや。何の記事だ？」

「〈ヒロイン〉で大きく飛躍した、とさ。お前さんのおかげだ」

「シナリオライターなんて、縁の下の力持ちさ。ともかく良かった」

「うん。力の入れ方が違う」

と、松村は肯いた。

「彼女の努力だよ」

と、大多はホテルの方へ歩きながら言った。

「局としても、〈ヒロイン〉の成功には気をよくしている」

「良かったな」

「それで、相談だ」

と、松村は言った。

「相談？　何だい、いきなり」

「実は――」

と言いかけて、「おい、お前は向うへ行ってろ」

と、ユミカを追い払う手つきをした。

「何だよ」

と、大多はムッとして、「この子だってキャストの一人だ。それに、僕のボディガードなんだ。一緒でなきゃ話を聞かない」

「分った」

と、松村は渋い顔で、「いいな、ここだけの秘密だぞ」

「分りました」

「大げさだな」

と、大多は苦笑した。「何だって言うんだ？」

「局からの話だ。〈ヒロイン〉の続編をやりたいと」

大多は呆れて、

「まだ終ってもいないんだぜ」

「そこだ。――今の話をどう終らせるかだよ。次につなげるような終り方にできないか？」

「そう簡単に――」

「何かこう……殺人が起って、犯人は果して誰か、ってな具合だ」

「おいおい。これは二時間もののサスペンスじゃないんだぜ」

と、大多は言った。「突然殺人なんか起せるか」

「そこを何とか……。お前さんの腕次第だろ」

「いいか。これはこれで、きちんとテーマがあって書いてるんだ。それをねじ曲げてまでストーリーを変えたくない」

「いや、それは分ってる。――だから、お前さんの『作家的良心』の許す範囲でいいんだ。ともかく、視聴者が『続きを見たい！』と思う終り方にしてくれ！」

全く……。ＴＶの世界って奴は！

大多としても、そうむげにはねつけるわけにはいかないのだ。

「――考えとくよ」

大多は素気なく言った……。

「突然だね」

良井一郎は、TVスタジオの玄関を入った。

「来たか」

ディレクターが手招きして、「ワンシーン出番がふえる。悪くないだろ」

「ありがたいけど……。ギャラは？」

「それはもう決ってるんだ」

「そんなことだと思った」

と、文句を言ったものの、無理の言える立場でもない。

「すぐメイクしてくれ」

「はい。——セリフは？」

「スタジオで渡す」

ひどい話だ。しかし、今の良井では、わがままを言っていられない。

「——こちらで」

と、ADが案内してメイク室へ。


良井は鏡の前にかけた。

ポケットでケータイが鳴った。

「もしもし」

と言ったが……。「——どなた？」

「あのときはどうも」

と、女の声が言った。「もうお忘れ？」

「あ……」

良井はあわてて左右を見回して、「何の用です？　あんなこと、口外されたら……」

「ご心配なく」

と、奈良本智子は言った。「東京へ帰って来たんです。もう一度お会いしたくて」

「え……。でも……」

「あのときは感激してらしたでしょ。もちろん、梨奈ちゃんじゃないと分ってからもね」

「だけど……」

「今はどこに?」

「スタジオですよ。ドラマの収録でね。夜中までかかると思いますが」

と、わざと言ってみる。「それでもいいですか?」

「ええ、もちろん。私もその方が」

と、智子は言った。「じゃ、何時に、どこで?」

21　気晴らし

「まだ大分あるな……」

と、タクシーを降りると、良井一郎はケータイで時間を見て呟いた。

奈良本智子と待ち合せるのに、スタジオでのドラマの収録が「夜中までかかる」と見栄をはったので、こうして早く着いてしまったのだ。

どこかで時間を潰すといっても、夜十一時を過ぎているので、開いている店はない。

良井が智子に言ったのは、良井の悪友の一人のマンションだった。

今、恋人と一緒にアメリカに行っていて、半年帰って来ないので、

「時々風を入れてくれ」

と、鍵を渡されていた。

ついでに、

「何かあれば、泊ってもいいぜ」

とも言われているので、今夜はここにしようと思ったのである。

何といっても、ホテル代がかからない。

「先に入ってるか」

良井は、マンションに入ろうとして、「待てよ……」

この前、一度泊って、友人たち三、四人と騒いだ。後片付けもろくにしていないが、それより、冷蔵庫が空っぽで、飲物一つなかった。

「畜生……」

途中スーパーにでも寄れば良かった。――どこか開いているだろうか？

良井は通りへ戻って、辺りを見回した。

タクシーで通って来た道には、何もなかったようだ。反対側へ行ってみよう。

良井は歩き出した。

しかし、なかなか見付からず、いい加減くたびれて諦めようかと思ったとき、やっと明るい光の洩れるスーパーを見付けた。

ホッとして、缶ビールやサンドイッチなどを適当に買うと、マンションへと戻る。

「重いな……」

ブツブツ言いながら、やっとマンションに着く。

ロビーへ入ると、奈良本智子が立っていた。

「やあ。——よく分ったね」

「マンションの名前で捜したわ」

と、智子は言った。「お買物？」

「二人で飲むものを、と思ってね」

と、良井は言った。


あのホテルで、梨奈と間違えて抱いたときは焦ったものだが、あの後、梨奈とは気まずいままだ。

智子は、むろん良井よりずっと年上だが、女盛りとでも言うのか、若い梨奈にはなかった、肉感的な魅力があった。

それに、遊びと分っているから、気が楽だ。

「ここ、どういう所なの？」

と、智子がエレベーターの中で訊いた。

「友だちのマンションさ。今、ニューヨークに行ってるんだ」

と、良井は言った。

鍵を開けて中へ入ると、智子はちょっと顔をしかめて、

「アルコールの匂いがしてる」

「ああ、この前、何人かで集まって騒いだんだ。ちゃんと片付けなかったから」

明りを点け、居間と台所を見て、

「ひどいわね。私、片付けてあげるわ」

「そう？　悪いね」

「こんな状態じゃ、抱かれる気にもなれない」

と、智子は言って、テーブルに転っていたビールの空缶や紙皿を、ゴミ袋に入れ始めた。

さすがに手早い。

ゴミをまとめて玄関に出すと、次に、使ったグラスやコップ、皿を台所へ運んで洗い出した。

「——これでいいわ」

と、タオルで手を拭いて、「放っとくと、汚れは落ちにくくなるのよ」

「ありがとう。助かったよ」

と、良井は言った。「女の子もいたんだけど、洗う気もなかったみたいだ」

「洗うぐらい、男だってできるでしょ」

「そうだな」

良井は笑って、「——じゃ、何か食べるかい？」

「飲物だけでいいわ。ウーロン茶で」

「僕はビールをもらうよ」

二人は、すっかり片付いた居間のソファに寛いだ。

「——梨奈ちゃんとは？」

と、智子が訊いた。

「電話もないよ」

と、良井は言った。「あいつだって、スキャンダルで謹慎してたんだ。偉そうにすることないよな」

「でも、あなたが彼女の邪魔をしちゃいけないわ」

「そりゃまあ……。でも、あいつ、何かというと僕に頼って来てたんだ。僕もできるだけ相談に乗ったよ」

「妊娠してたんでしょ？　流産したみたいだけど」

智子の言葉に、良井は少しムッとした様子で、

「僕の子じゃないぜ。つまり、色んな男と寝てたってことさ」

と言った。「もともと男好きなんだ」

「ひどい言い方ね」

と、智子は微笑んだ。

「それより――あんたは、どうしてあんな所で……」

「そうね。何と言えばいいかしら」

と、智子は少し考えて、「あなたを愛してるわけじゃない」

「そりゃそうだろ。年齢も違うし」

「それに、あなたと寝ても特別楽しいわけじゃないわ」

「おいおい……」

「ただ――そうね、最後の一服、って言うのかな」

と、智子は言った。

「何だい、それ？」

良井がさっぱり分らない様子で言った。

「分らない？」

と、智子は言った……。

隣で女が少し身動きすると、目を覚まして欠伸をした。そして、

「まだ着かないの？」

と言って、タクシーの外の様子を眺めた。

「成田から都心までは遠いんだぜ」

と、戸沢は言った。「でも、もう都内に入った。

あと二十分くらいだろ」

　そう言うと、戸沢も欠伸した。

「私の欠伸がうつった？」

　と、女の子が笑って言った。

「アメリカと日本だと、時差がきついよな」

　戸沢浩次は、良井が鍵を預かっているマンションの、本来の住人である。

　一緒にいるのはアヤ。ニューヨークで知り合った十九歳の女の子だ。

　戸沢は二十四歳。良井の「兄貴分」的な存在だった。

「――ねえ」

　と、アヤが言った。

「何だい？」

「あなたのマンション、お友だちが鍵、持ってるんでしょ」

「ああ、良井のことか」

「大丈夫？　行ったら、どこかの女とベッドに入ってた、なんてこと……」

「まさか」

　と、戸沢は笑って、「良井は一応タレントだぜ。気を付けてるさ」

「でも、まだ若いんでしょ？」

「ああ、今、二十歳か二十一……。アヤとそう違わないよ」

「今日帰るって言っとけば良かったのに」

「そのつもりが、うっかりしてたんだよ」

　と、戸沢は言った。

　正直、アヤからそう言われると、戸沢の方も心配になって来た。

　この前は、何人かでパーティをやったとかで、馬鹿メールして来た。グラスや缶ビールを手に、馬鹿笑いしている写真が添付されていたっけ……。

「そうだな」

戸沢はケータイを取り出した。夜中だが、どうせ良井だって早寝しているわけはない。

良井のケータイへかけてみたが、出ない。

留守電になっていたので、

「俺だよ。急な用事で、ニューヨークから戻ったんだ。まさか、今夜、俺のマンションに来てないよな」

と吹き込んだ。

「――大丈夫さ」

戸沢は通話を切って、「それより、腹空かないか？　何か食ってくかい？」

「ああ、そうね……」

アヤはまた欠伸して、「眠ってて、機内食を食べそこなっちゃった」

「大した味じゃなかったぜ」

「でも、料金に入ってるんだもの。もったいなかったわ」

アヤは、自分が払ったわけではないが、文句を言った。「どこか、食べる所、ある？」

「こんな時間だ。二十四時間のファミレスぐらいしかないな」

「いいわよ！　そう聞いたら、急にお腹が空いて来ちゃった！」

スーツケースがある。

戸沢はタクシーに、食事の間、待っててくれと言って、マンションに近いファミレスへ入った。

「――ああ！　日本の丼ものっておいしいよね！」

アヤはカツ丼をアッという間に平らげた。

戸沢はカレーを食べて、コーヒーを飲むと、

「じゃ、行くか」

と、伝票を手に取った。

ファミレスで過したのは三十分ほどだったが、それが二人を救ったとも言えるかもしれない……。

――二人の乗ったタクシーが、マンションの正面につける。

料金を払い、トランクから二人のスーツケースを出した。

「結構いいマンションね」

と、アヤは満足げだった。「思い切り寝たい！ベッドはいくつ？」

「俺一人だもの。ダブルが一つだよ」

エレベーターで上りながら、戸沢は言った。

「何なら俺はソファで寝る。アヤはダブルベッドで手足伸して寝ろよ」

「それってすてき！」

と、アヤは笑った。

部屋の鍵を開けようとして、戸沢は戸惑った。

「おかしいな……」

「どうしたの？」

「鍵がかかってない」

「え？」

アヤが目をみはって、「泥棒が入ったのかしら？」

「いや……。良井がかけ忘れたのかも……」

ドアを開けて、「あいつ！　――良井の靴だ」

「やっぱり！　そんな気がしてたのよ」

「叩き起してやる。鍵もかけないで寝るなんて」

と、戸沢は上って明りを点けると、「――おい、良井！」

寝室へ入って明りを点けたが――。

ベッドは空だった。しかし、シーツが乱れてい

「どうしたの？」

と、アヤが訊く。

「あいつが……。大変だ！　一一〇番しないと……」

フラフラと居間へと向う。

アヤはバスルームの方へと歩いて行った。

戸沢が気付いて、

「おい！　見るな！」

と、叫んだ。

次の瞬間、アヤの悲鳴が響き渡った。


る。

「――使ったのね」

と、アヤが覗いて言った。「ね、もしかしたら、一人じゃないかも」

「何だ？」

「バスルームで、シャワーの音らしいのが……」

そう言われて、戸沢も気付いた。

寝室の隣がバスルームになっている。明りが点いていて、シャワーの音がする。

「まさか女と一緒じゃないだろう。靴がなかったし……」

「でも、覚悟しといた方が」

「あいつ……。おい、良井！　いるのか？」

戸沢は、そう言ってバスルームへ入って行ったが……。

戸沢がよろけながらバスルームから出て来た。

22 衝撃

「おい、ちゃんとホテル名のパネル、画面に入れてくれよ」

プロデューサーの松村が念を押した。

「心得てるさ。心配するなって」

と、大多は苦笑した。

スポンサーと関係のあるこのホテルの名前を、ドラマの中に入れる。

画面に出すだけでなく、ドラマの中に、ホテルのフロントが外からの電話に出て、

「はい〈ホテルS〉でございます」

と言うところも必要だ。

長年シナリオライターをやっていれば、その辺は呑み込んでいる。いらないセリフだとしても、それでスポンサーが喜んでくれるなら、協力するのだ。

幸い、電話がかかって来るシーンなど、入れるのは難しくない。——なぜケータイにかけないのか、と言われれば、その通りなのだが。

ホテルは空いていたので、昼間もホテル内でいくらでも収録ができた。

予定では五日間だったが、一日早く撮り終えそうだった。

「——OK！　少し休もう」

たて続けに三シーンを収録して、少し遅い昼食になった。

「ご苦労さん」

大多は野添あやめに声をかけた。「セリフ、言いにくくない？」

「そんなことないわ。大丈夫」

と、あやめは言って、「でも、大したものね。急遽付け加えたセリフと思えないわ」

「そうかい?」

「器用なのね。才能だわ、それって」

「ほめられてるのかな、果して」

と、大多は笑って言った。

「梨奈ちゃんは?」

「この後、出番がある。当人は緊張してるさ」

「でも、いい役だわ。梨奈ちゃんも嬉しいでしょ」

二人はホテルの食堂へ入って、用意されたランチを食べ始めた。

梨奈とユミカが、少し遅れて入って来る。

「あ、大多さん」

ユミカがやって来て、「すみません、ボディガード、サボっちゃって」

「大丈夫さ。セリフ、頭に入った?」

「ええ、今、梨奈さんとお互いに相手役をやって、練習してたんです」

「ご苦労さん。昼、一緒にどうだい?」

「はい!」

二人が元気よくランチを取りに行った。

「――いいわねえ、若いって」

と、二人を見て、あやめが言った。

「おいおい」

大多は苦笑して、「君だって、充分若いぜ。まだ三十二だろ。五十の僕はどうすりゃいいんだ?」

「でも、疲れてるわ。人生の色んなことにね」

大多は、ふと奈良本智子のことを思い出した。

智子は確か三十六のはずだ。

むろん、今の時代ではまだまだ若い。

梨奈とユミカが盆を手にやって来ると、座ると同時に凄い勢いで食べ始めて、大多とあやめに改めてため息をつかせたのだった……。

「もう一回やってみよう」

と、ディレクターの宮本が言った。

「すみません、なかなかうまくいかなくて……」

と、ユミカが恐縮している。

「いや、そうじゃない」

と、宮本は言った。「今の君なら、もっとうまくやれる。そう思うからやり直すんだ」

その言葉は嬉しかったのだろう、ユミカは頰を染めて、

「はい!」

と、勢いよく言った……。

相手のベテラン女優が、

「ね、今度は私、こっちから回ってみましょうか? その方がユミカちゃんのセリフも自然だわ」

と提案した。

「いいね。ユミカ、それで行こう」

「はい、分りました」

くり返し、同じところをやっても、なかなかスムーズに行かないことがある。そんなときは、ちょっと気分を変えてみると、うまく行くことがあるのだ。

実際、動きを変えただけで、ユミカのセリフは格段に良くなった。

「よし、OK!」

宮本の声が弾んだ。「次は梨奈のシーンだ。いるか?」

「はい、ここに」

梨奈がちょっと手を上げた。

――大多は、松村がやって来るのに気付いた。

何かあったたな。

松村は明らかにひどく焦っている。梨奈の出番が始まるのに、邪魔したくなかった。

大多はその場を離れて、松村の方へと足早に近寄った。

「どうした?」

と、小声で、「今は騒がせないでくれ」

「ああ……。本番か」

「これからだ」

「分った」

松村は息をついて、「今さら急いでも仕方ないな。死んだ者が生き返るわけじゃないし」

大多は表情をこわばらせて、

「『死んだ者』って言ったのか?」


「うん」

大多は松村の腕を取って、ロビーの隅へ連れて行くと、

「誰が死んだんだ?」

と訊いた。

松村は収録している方へ目をやって、

「良井一郎だ。殺された」

と言った。

「――よし、本番!」

大多もさすがにしばらく言葉を失った。

宮本の声で我に返ると、

「いつだ?」

と、大多は訊いた。

「昨夜遅くらしい。そろそろTVのニュースでやるだろう」

「ゆうべか……」

梨奈のセリフが聞こえて来る。

「梨奈には――」

「僕が話すよ」

と、大多は肯いて、「そっちは、その件でマスコミが梨奈の所へ押しかけて来るのを防いでくれ。この収録が終れば梨奈は東京へ戻る」

「ああ。何とかしよう」

松村は相変らず汗を拭っていた。

「犯人は分ってるのか？」

と、大多は訊いた。

「女だってことだ。――良井は友人のマンションの鍵を預かってて、そこへ女と入ったらしい。そして、女と寝た。その後、シャワーを浴びようとして、刺し殺された」

「何てことだ……。良井だって、まだ若いのに」

「ああ。まだ確か二十歳だろ」

「その女は……」

「誰も見ちゃいないが、寝た痕があるってことだ。――分らんな。寝る前に殺さないで、後で殺してる」

女……。女か。

大多は重苦しい気持で、収録現場の方へ戻って行った……。

「よし、ＯＫだ」

宮本は嬉しそうに、「梨奈、良かった」

「はい！」

「また他のドラマで会おうな」

「ぜひお願いします！」

ワンシーンだけの出演だが、スタッフから花束を渡すように、大多が手配しておいたのだった。

「――ああ、疲れた！」

梨奈が花束を抱えてやって来た。ユミカも一緒だ。

「ありがとう、大多さん」

「よくやったね。二人とも」

大多は、手の空いていたスタッフがケータイを見てびっくりしているのに気付いた。

「梨奈、話しておくことがある」

と、大多は言った。「今、ニュースが、きっと……」

「良井君が……」

梨奈は、大多の話にただ愕然としていたが、やがて我に返ると、「そんな所で、女の人と、なんて……。いくらスターでも、まだ二十歳なんです。スターの自覚が足りませんね」

大多は、梨奈が、むろんショックを受けているだろうが、しっかりしているので安堵した。

「――大多さん」

と、梨奈は言った。「ここで記者会見、やれるでしょうか？　一つ一つのインタビューに答えるより楽です」

「セッティングさせよう」

「私――大丈夫です」

「梨奈ちゃん……」

「私には演技が大切なんです。彼は、そういうことを、ちっとも理解してくれなかった……」

色々な感情と思いはあるだろうが、梨奈は冷静だった。

大多は松村に記者会見の件を伝えて、

「そこで質問にも答えるということにしよう」

「分った」

大多は、ケータイの電源を入れた。収録は室内なので、ロビーなら大丈夫だ。

着信が二件あった。一つは妻の由美から。そしてもう一つは奈良本智子からだった。

少しためらってから、大多は他の人間の耳に入らない位置へ動いて、かけてみた。

少し長く呼び出して、

「――奈良本です」

「大多です。電話をいただいたようで……」

「はい。聞かれましたか」

「ニュース？　良井一郎のことですね」

「ええ。もうＴＶのニュースでも……」

「それで僕に何か……」

と、大多は言った。

「お話ししたくて。良井と寝たんです、ロケ先で」

智子の言葉に、大多は面食らった。

「良井と？　智子さん、まさかあなた……」

「待っていて下さい」

「待つ？」

「はい。今、そのロケ先へと向っています」

声が少し途切れる。

「何ですって？　――もしもし？」

切れてしまった。

大多はしばらく呆然として、手の中のケータイを見下ろしていた。

ＴＶ局の取材と会見は、夜になった。

もちろん、新聞や週刊誌もやって来ている。

しかし、梨奈はあくまで落ちついて答えていた。

「――良井さんのこと、好きでした。でも、二人とも若過ぎて、わがままだったんです」

梨奈の冷静な対応に、ＴＶのリポーターも意地の悪い質問がしにくくなったらしい。

記者会見は、ずいぶん短く終った。

「――お疲れさん」

と、大多は梨奈へ声をかけた。

「お世話になりました」

「今夜、帰るかい?」

「どうしようかな……」

と、梨奈はホッとした表情になって、「ユミカちゃん、今夜も泊るんだっけ?」

「ええ! 梨奈さん、一緒にお風呂、入りましょうよ。大浴場、気持いいじゃないですか」

「そうね」

と、梨奈は笑って、「じゃ、帰るのは明日にする!」

「そう来なくっちゃ!」

二人は手をつないで歩いて行った。

大多はまるで姉妹のような二人の後ろ姿を見て微笑んだ。

ともかく梨奈が仕事に打ち込もうと頑張ってくれていること。自分のシナリオが、その役に立っていることが、大多は嬉しかった。

ユミカも、このシークエンスで、より存在感を高めるだろう。

放送時間の都合でカット、などということにならないように、松村に念を押しておこう、と思った。

「さて……と」

大多はロビーから、玄関の向うに見える暗闇へ目をやった。

今度は大多自身が直面しなければならない問題だ。――奈良本智子はいつここへやって来るだろう?

連絡があった以上、待っているべきなのか。しかし、夜中になってしまうかもしれない。寝てしまおうか。そうすれば、智子は朝まで待っているだろう。

そうだ。何も夜中まで無理に待っていなくてもいい。

正直、大多は智子と二人きりで会いたくなかったのだ。

智子は一体何を話しに来るのだろう。

智子が良井一郎とロケ先で寝た、というのは本当だろうか。――智子がそんな嘘をつくわけもないから、事実なのだろう。

それを聞いたとき、大多は一瞬、良井が東京で一緒にいたというのが智子で――つまり、智子が良井を殺したのかと思って、ギクリとしたのだったが、あの話では、そうは言っていない。

まさか……。智子に良井を殺すどんな動機があるだろう。

だが、ともかくどんな話か分らない以上、誰か一緒にいてほしいと思ったのだ。

そうだ。――早々に寝てしまって、明日、朝になってから話を聞こう。そうすれば誰か近くにいてくれるだろうし……。

大多はそう決めると、足早に自分の部屋へと戻って行った……。

23　夜の奥から

「大多さん」

という声がして、体を軽く揺さぶられる。

「――大多さん」

うん？　誰だ？

大多は眠りから半分さめて、

「由美か？」

と呟いた。

「あなた、奥さんに『大多さん』って呼ばれてるの？」

「ワッ！」

大多はびっくりして、ベッドに飛び起きた。

ナイトテーブルの明りに、野添あやめの姿が浮んでいる。

「ああ、びっくりした！」

と、心臓に手を当てて、「しかし――どうやって入って来たんだ？」

「ドア、開いてたわよ」

「え？」

「ここ、オートロックじゃないのよ。聞いたでしょ？」

「――そうか。忘れてた」

今どき、オートロックじゃないなんて！

「物騒ね。今ごろ謎の殺人鬼に刺されてたかもよ」

と、あやめは言った。

「いやなこと言わないでくれよ」

と、大多は息をついて、部屋の明りを点けた。

「今、何時だ？」

「三時過ぎよ。夜中のね」

「それで……。君、どうしてここへ?」

「大多さんと一夜を共にしたくて」

「え?」

「冗談よ」

全く……。スターって奴は!

「病院から連絡があったの」

「病院?」

「父の入院してる……」

「ああ、あそこか。——具合でも悪いの?」

「いいえ。ただ、病院からいなくなっちゃったんですって」

「それは——自分で出て行ったってことか。それとも誰かが連れ出した?」

「分らないわ。連絡もないし」

「しかし——君のお父さんがどうして?」

「家に帰るっていうのかもしれない。母は今自宅なんで、電話で知らせたわ」

あやめは、のんびりした風ではあるが、どこか不安げだった。

「僕を起こしに来たってことは、何か心配ごとだろ?」

「ええ……。お金のことがね」

「お父さんが君に言って来た金のことか」

「入院はしたけど、そうひどい状態でもなかったみたい。それなのに、父は何も言って来ていない」

「さすがに、もう君へは頼れないと思ったんじゃないのか」

「そうだといいんだけど」

と、あやめは首を振って、「あなたも本気でそう思う?」

「さあ……」

「私はそう思わない。きっとまた何かお金の無心をする手を考えてるのよ」

確かに、人間は一度人に頼ることを覚えてしまうと、なかなかそこから抜け出せないものだ。

「ごめんなさい、起こしちゃって」

と、あやめは言った。「父のこと、聞いて、ついあなたの顔を見たくなったもんだから」

「いや、良かったよ。ドアがロックされてないと分っただけでも。よりによって、今夜にね」

「それって、どういう意味？」

「うん……」

大多はためらった。

「——何なの？　良かったら話して」

「ああ……」

あやめにならば、話してもいいだろう。

大多は立ち上ると、

「ちょっとお茶をいれよう」

と言った。「しっかり聞いてほしいんだ」

——部屋に置かれたティーバッグとポットのお湯で日本茶をいれ、二人は飲んだ。

「実は今、奈良本智子がこっちへ向ってる」

「あの人が？　今って……この夜中に？」

「たぶん、そろそろ着くころかもしれない」

「どうして？」

「僕に話があると言うんだが……」

あやめは目を見開いて、

「それって……あなたを愛してる、って話なの？」

「いや、そういうロマンチックな話ならいいけどね。でも、もっと物騒なこと、かもしれない」

——良かないけどな。

「あの人が？」

「良井一郎と、ロケ先で寝たと言ってる」

「ロケ先っていうと、ここの前ね？　智子さんが良井と……。まさか東京で――」

「それは分らない。もし、良井を殺したとしたら――」

「まさか！　どうしてあの人が良井を殺すの？」

「分らないよ！　しかし、もし、本気で告白したいというつもりなら、一人で聞きたくない」

「それはそうね」

と、あやめは肯いて、「もし良かったら、私も一緒にいてあげる」

「助かるよ！」

大多は本心から言った。

あやめのケータイが鳴り出した。

「はい。――もしもし？」

あやめはうんざりした声で言った。「お父さん！　心配するでしょ、突然病院を抜け出したりして」

あやめは向うの話を聞いて、

「――分ったわ。じゃ、こっちへ来るのね？」

あやめは大多の方を見て、

「もうこっちに着いてるの？」

と言った。「今、どこに」

今、どこかに……。どこかにやって来ようとする智子がいるとしたら？

「――分ったわ。でも、少し待ってね」

あやめは大多を見て、

「父が先に来たわ。会ってくれる？」

と言った……。

都心のホテルなら、夜中の三時を過ぎていても、ロビーに人の姿が途切れることはないだろう。

しかし、ここは地方の温泉である。ロビーも、明りが半分以下に落ちて、薄暗くなっていた。

「あやめか……」

ロビーの奥で、人影がソファから立ち上った。

「お父さん。――どうしたっていうの？」

と、あやめは言った。

「誰か一緒か」

「大多さんよ、シナリオライターの」

「ああ、そうか。――失礼、暗くなると、目がよく見えなくてね」

野添湧吉は、ジャージ姿にコートをはおっていた。

「私が一緒に来てってお願いしたの」

と、あやめが言った。

「僕がいては話しにくいのなら、そう言って下さい」

と、大多は言った。


「いや、そういうことは……」

野添湧吉は、少し言葉がはっきりしなかった。

「あやめ。――大多さんとは、どういう仲なんだ？」

薄暗いロビーのソファにかけて、

「どういう仲？　いやだ。大多さんは愛妻家よ。私になんか興味ないわ」

「そうか」

と、湧吉は息をついて、「いや、大多さん、失礼なことを言って……」

「いや、とんでもない。大スターのあやめ君との間を疑われたら、自慢してもいいくらいですよ。ですが、我々はいい友人です」

「そうですか。――ありがたいことだ」

と、湧吉は肯いて、「あやめ。こういういい方を大事にするんだぞ」

「お父さん……。どうかしたの?」

湧吉は、どこか生気を失くしているように思えた。大多は、

「具合が悪いんですか?」

と訊いた。「病院の手配を?」

「いや。まだ、今は」

と、湧吉は首を振って、「あやめ。謝らなきゃならんことがある」

「お金のこと?」

「それもある。——というか、元はといえば、金儲けの話に安易にのってしまったせいだ」

「何の話?」

「うん。——大多さん。あんたにも関係のある話です」

大多は驚いた。

「僕が?」

と、目を丸くして、「僕は金なんか持ってませんが」

「分っとる。あんたには申し訳なかった」

「何の話です?」

「実は——」

と、湧吉が言いかけたとき、ロビーの明りがすっかり消えてしまった。

そして、わずかな明りの中、黒い人影が大多を突き飛ばして、湧吉へと駆けて行った。

「ウッ!」

と、呻く声がした。

そして黒い人影は再びロビーから正面玄関へと——。

「お父さん!」

あやめが叫んだ。「どうしたの!」

「何ごとです?」

と、人の声がした。

「明りを点けてくれ！」

と、大多は怒鳴った。

玄関の明りが点いて、ロビーを照らした。

「お父さん――」

湧吉が床に倒れてもがいていた。脇腹が血に染っている。

「医者を呼べ！」

大多はそう叫ぶと、玄関へ向って走った。

あの誰かは外へ走り出て行ったはずだ。

外へ出ると、大多は左右を見回した。

「畜生！　どこだ！」

街灯もわずかしかない、暗い道である。

どっちへ逃げたかも分らなかった。

そのとき――街灯の明りの下に、奈良本智子の姿が浮かび上った。

「大多さん！」

「君……」

一瞬、大多は逃げたのが智子かと思ったが、

「いや、あれは男だった。――君、誰か見なかったか？　今、野添あやめの父親を、誰かが刺して、こっちへ逃げたんだ」

「え？　野添さんを……。大丈夫なんですか？」

「脇腹だったからな、傷は。しかし……病院を抜け出して来たんだ」

「大多さん……」

「君……。どうしてここへ来たんだ？」

智子は、ふしぎな目でじっと大多を見つめていたが――。

「ああ……。そうだったんですね！」

と、叫ぶように言って、その場に膝をついた。

「どうしたんだ？」

大多は面食らって、智子が泣いているのを見ていた。

「ああ……。ごめんなさい！」

智子は涙を拭って、「大多さんがそんな人じゃないってこと、分ってたはずなのに、私、あの人の言うことを信じてしまって……」

「あの人って……」

「あの人が、『大多も共犯なんだ。もともと大多から持ちかけて来た話なんだ』と言ったんです」

「何のことだ？　ちゃんと話してくれ」

と、大多は智子を立たせると、「共犯って……」

そのとき、智子は大多の肩越しにその背後を見て、

「大多さん！　危い！」

と叫んだ。

大多は振り向いた。――街灯の明りの中に、その男は立っていた。

「松村……」

大多はプロデューサーに言った。「何してるんだ？」

そして気付いた。松村の右手が血で汚れていること、その手にナイフを握っていることに。

「お前……。松村、お前があやめの親父さんを刺したのか？」

大多は愕然として、「どうしてだ！　何のために――」

「大多！」

と、松村は絞り出すような声で言った。「頼む！　見逃してくれ！」

「何だって？」

「お前は友だちだろ。その女なんかより、ずっと古い付合いだろう。頼む、俺のことは忘れてく

れ」

「松村。——俺がいやだと言ったら?」

「大多。お前を刺したくない。そんなことをさせないでくれ!」

「松村……。本気なのか」

わけは分らなかったが、ともかく大多は松村が今自分を刺そうとしているという現実を認めなければならなかった。

しかし、松村の手はブルブル震え、顔は汗で光っている。

「松村。お前には刺せないだろう」

「大多……」

「ナイフを捨てろよ。ゆっくり話し合おう。俺にはお前が気の小さな、いい奴だと分ってる」

「やめてくれ!」

と、松村は叫ぶように言った。「本当に刺すぞ。俺は自分の身を守るんだ」

「やめろ」

松村がナイフを両手で持ち直すと、構えた。

「やめるんだ!」

「いやだ! 俺は捕まりたくない。絶対に捕まるのはいやなんだ」

「落ちつけ——」

「大多! 許してくれ!」

松村が大多へと突っ込んで来ようとした。そのとき、松村の向うからタタッと駆けて来たのは——ユミカだった。

浴衣姿のユミカは、

「待て!」

と叫ぶと、松村の肩をつかんで振り向かせると、拳を固めて、松村の顎を一撃した。

松村の体がフラフラとよろけ、ナイフが手から

落ちる。ユミカはさらに、

「ヤアッ！」

と、浴衣の裾を翻して、白い脚をむき出しに、松村のお腹へ蹴りを入れた。

松村はもののみごとに仰向けにひっくり返った。

「私の大多さんに、何すんのよ！」

と、ユミカはひと声、仰向けになった松村のお腹の上に、両膝を揃えてドシンとのっかった。

ウッ、と声にならない声を上げて、松村は気絶してしまったのである。

「やった！」

ユミカはピョンと立ち上ると、「用心棒、ここにあり！」

と、息をついて、パッパッと両手をはたいて見せた。

「ユミカ……」

「大多さん！　けが、ない？」

「ああ……。よくやった」

としか言えなかった。

「良かった……」

と、智子がよろけるように街灯にもたれかかった。

「君……。話を聞かせてくれ」

「ええ、分りました。もちろん……」

と言いかけて、ホッとしたのか、智子はその場にぐったりと倒れてしまった。

「おい……」

「私、ホテルの人、呼んで来ます」

と、ユミカが駆け出して行く。

「ああ、頼む」

と、大多が言ったのは、ユミカにはまるで聞こえていなかっただろう。

しかし――なぜ松村が？

気絶しているプロデューサーを見下ろして、大多はただ立ち尽くしていた……。

24　虚構

「要は」

　と、野添あやめが言った。「大多さんがいい人過ぎたのが、そもそもの原因なのね」

「そういう言い方があるのか？」

　と、大多は渋い顔で言った。

「ほめられてるんですから」

　と言ったのはユミカで、「――ほめられてるんですよね？」

　と、あやめの方へ確かめた。

「そうね。呆れながらほめてる、ってとこかしら」

　と、あやめは言った……。

　――プロデューサーの逮捕という騒ぎはあったものの、TV局にしてみれば、

「主演俳優が捕まったわけじゃない」

　というので、ドラマが中止とか、そんな事態にはならなかった。

　そして、この新しくて名前の売れていないホテルは一躍有名になり、ここでのロケは予定を三日ほど延ばして終った。

　今、大多たちはホテルのラウンジで、迎えの車が来るのを待っているところである。

　コーヒーを飲んでいるのは、大多とあやめ、そして梨奈、ユミカの四人だった。

「あやめさん、東京に戻っていいんですか？」

　と、ユミカが訊いた。「お父様が入院なさってるのに」

「いいのよ」

　と、あやめはちょっと顔をしかめて、「命に別

状ないんだし、それに警察の取り調べもあるでしょ。自業自得。これでこりてくれりゃいいけどね」

冷静そのもの。しかし、無理もないところなのだ。

「私も申し訳なくて」

と、梨奈が言った。「私にも責任があるので……」

「君のせいじゃない」

と、大多は言った。「君はまだ十八歳の女の子なんだ。騙した奴の方が悪い。大丈夫、ドラマの君の出演シーンが削られたりすることはないよ」

「ありがとうございます！　もし、また出番があったら、どんなことでもしますから。崖から飛び下りろって言われたら、やってみせます」

聞いていたあやめが笑い出した。――その気持は大多にもよく分った。

いわゆる二時間ものの「サスペンスドラマ」は、どういうわけか解決の場面になると、突然断崖の上が出てくることが多いからである。

「何かおかしいですか？」

梨奈はわけが分らずにキョトンとしている。

「いや、いいんだよ」

と、大多は言った。「ちゃんと君の出番を作るよ。崖じゃなくて、普通の平地でね」

大多はコーヒーをゆっくりと飲んだ。

今日で最後と分っているせいか、ていねいにいれてくれたのだろう、このラウンジとしては最高の味だった。

――ことの起りは、松村が若い女優に手を出して、金が必要になったことだった。

結果としては、松村が手を出したというより、松村の方がその女優に引っかけられたという方が正しいだろう。

松村は彼女のためにマンションまで買ってやり、当然自分の懐だけではまかない切れず、どこかで金を都合する必要に迫られた。

そんなとき、松村に会いに来た男がいた。あやめの父、野添湧吉である。

湧吉は、妻の早知子が店を出したり若い男と付合っているのを知って、自分でも何か金儲けをしようと思い付き、あやめのドラマをプロデュースしている松村に、

「金を貸してくれないか」

と、相談しに行ったのだった。

もちろん、松村としてはそれどころではないのだが、湧吉を巻き込んで金を手に入れようと思い立った。

しかも、そのときに、

「実は、〈ヒロイン〉のシナリオを書いている大多という男から、うまい話がある、と持ちかけられている」

と、もともと大多の考えたことだと話したのだ。

「後でばれたとき、少しでも自分の罪を軽くしたかった」

と、松村は供述している。

それを聞いたとき、大多は、ユミカに、

「僕にも一発殴らせてほしかったよ」

と言ったものだ……。

ちょうど松村の耳に、ドラマに出る予定だった梨奈が妊娠しているという情報が入った。

これを利用しようと松村は思い付いた。

芸能事務所はスキャンダルをいやがる。松村は、梨奈のお腹の子の父親が、所属事務所の幹部の男

で、むろん妻子持ちだということを突き止めて、梨奈を呼び出し、

「このままだとタレント生命が終りになる」

と脅し、事務所の金を持ち出せと言った。「その金でマスコミには話をつけてやる」

妊娠で、精神的にも追い詰められていた梨奈は言われるままに相手の男のポケットから金庫の鍵を盗み出し、金庫の中の五千万円を盗んだのだ。

予想以上の金が手に入って、松村は舞い上った。〈ヒロイン〉のロケ先にまで、愛人の女優を連れて行ったのだが、結局女の方は途中で松村を捨てて帰ってしまった。

湧吉がロケ先にやって来たのは、松村がさっぱり金を渡さないからで、妻の早知子が男と一緒なのも承知していたのである。

早知子は夫を馬鹿にし切っていたが、共同経営者兼愛人だった玉木は、さすがに金の匂いに敏感な男で、湧吉が何か企んでいることに薄々気付いていたらしい。

湧吉が松村と会っていることを知って、自分も松村に会おうとTVスタジオを訪れて、そこで梨奈と立ち話をしたのだった。

「松村さんとはどこへ行けば会えるか、って訊かれただけでした」

と、梨奈は言った。

結局、玉木は早知子についてロケ地へやって来て、そこで湧吉を問い詰めた。

湧吉は何と言っても素人である。玉木のハッタリをきかせた脅しに、すっかり震え上ってしまった。

松村も困っていた。梨奈の盗んだ五千万円の件が、公になりそうだったのだ。

ここで玉木に弱みを握られては……。

松村と湧吉は思い切って「殺人」に手を染めることを決めた。湧吉が玉木を呼び出して山道を「金を隠してある」と連れ歩き、待っていた松村と二人で玉木を突き落として殺した。

松村にとっては、幸いなことに湧吉が発作を起して倒れた。しかし、今度は湧吉が何もかも白状するかもしれない、と心配になったのである。

特に、湧吉は大多を巻き込んだことを後悔していた。実際ロケ地で大多に会って、松村の嘘に気付いたのだろう。

湧吉がすべてをしゃべったら大変だ。しかし――そこが松村の「プロデューサーの宿命」というのか――湧吉を殺したら、あやめで大当りしているドラマに影響が出るかもしれないと思うと、踏ん切れない。

そこで、大多の方を浴場で溺れさせようとしたり、病院の階段から突き落としたりしたのだった。

「――中途半端だよな」

と、大多は言った。「確実に殺すことまでは考えられなかった。――プロデューサーとしての成功に、僕の力があったことがよく分ってたからだ」

「しょせん小物なのよね」

と、あやめは言った。

「私がもっと早く、松村のことを大多さんに打ち明けてれば……」

と、梨奈が言った。

「TV局のプロデューサーは、タレントや役者にとって、大事だからね。嫌われたらどうなるか分らない。君のように若い子は無理もないよ」

大多の言葉に、

「すみません……」

と、梨奈は涙ぐんだ。

「あの奈良本智子さんは？」

と、あやめが言った。「どうしてロケ地へやって来たのかしら」

「それにはわけがあるんだ」

大多は、同じ団地の小森令子と、不倫相手だった金井のことを説明して、「――智子は金井の小森さんへの仕打ちが許せなかった。帰宅途中の金井を待ち受けて、小森令子に謝罪して、お金の形でも償うべきだと責めた。金井は酔っていたこともあり、妻にすべて話すと言った智子の首を絞めようとした。もみ合っている内、金井は線路へと転落したんだ」

「弾みだったのね」

「しかし、智子は自分が殺したのかもしれないと思った。――それで娘を連れて僕に会いにやって来たんだ」

「それで松村と……」

「松村にしてみれば、智子が僕の恋人ということになれば、僕が金を盗ませる動機になる。――智子が僕のことを頼っていると知って、やはり僕が共犯で金を盗んだと智子に話した。智子も、それが本当なら、自分が代りに罪をかぶって、僕に恩返しできると思った」

「松村も話が上手いのね」

「それがプロデューサーの仕事だからね」

「でも、あのとき、分ったんですね」

と、ユミカが言った。「大多さんは何も知らないってことが」

「そうだ。良かったよ。彼女には愛ちゃんがいる。自分を大事にしなくては……」

智子は、金井と同様、梨奈に無理に関係を迫る良井を見て、許せないと思った。そして、梨奈のふりをして良井をおびき出して暗がりの中で抱いた。

あわてた良井は東京へ帰ってしまった。

「——今朝早く、刈谷という刑事から電話があったよ」

と、大多は言った。「智子の話で、一応金井の死との関連を調べるが、故意に殺したわけではないので、立件は難しいだろうということだった」

「じゃ、良井一郎のことは?」

と、あやめが訊いた。

大多がラウンジの入口へ目をやって、

「やあ」

と言った。

正に、当の奈良本智子が立っていたのである。

「ここへ来なさいよ」

と、大多は手招きした。「わざわざ東京から?」

「今日でロケが終りと伺って」

と、智子は椅子を持って来てかけると、「皆さんにお会いする機会が、もうないかもしれないと思ったものですから……」

智子は大多の方へ、

「すみませんでした」

と、深々と頭を下げた。

「刈谷刑事が、もう一つ、知らせてくれたよ」

と、大多は言った。「昨日、十九歳の女の子が自首して来たそうだ。良井一郎を殺したと言って」

「まあ。どういうこと?」

と、あやめが言った。

「良井一郎のファンだったんだ。熱狂的なね。事務所の方では〈要注意〉のストーカーに近いとして用心していた」

「じゃあ、看護師のレイ子さんも？」

と、梨奈が訊いた。

「病院へ行った良井を尾けて行ったが、君が入院しているとは知らない。良井が帰りがけにその看護師と親しげに話しているのを見て、良井が看護師に会いに来たのかと思ったんだ。殺す気はなかったが、けがをさせようとしてつい力が入って大けがをさせてしまった」

「申し訳なかったわ……」

「見舞に行こう。僕も一緒に行く」

「はい、お願いします」

「智子さん。――良井一郎を殺すつもりだったんだね」

「はい……」

と、智子は肯いた。「今思うと……。でも、私、てっきり金井を殺した罪で捕まると思っていたので、そうなる前に、良井の方にけりをつけておかなきゃ、と思ってしまったんです」

「ファンの女の子は、良井をマンションまで尾けて行った。そこで良井が智子さんとベッドに入るのを見て……。良井が鍵をかけ忘れてたんだよ」

と、大多は言った。「君が先にバスルームに入って、シャワーを浴び、居間で休んでいるとき、良井がシャワーを使っていた」

「出て来たら殺そうと思っていました」

「しかし、その間に、例の女の子がバスルームへ入って良井を殺し、こっそり逃げてしまったんだ」

「良井がなかなか出て来ないんで、どうしたんだろうと思って見に行ったら……。私、自分がやったのに忘れてしまってるのかと思いました……」

「ともかく、やらなくて良かったよ」

「ええ。でも……殺すつもりでいたんです。それって罪にならないんでしょうか」

「手を下さなかったんだ。大丈夫だよ」

大多の言葉に、智子は息をついて、

「それって、ただ幸運だった、ってことですね」

と言った。

「そうだ。しかし、愛ちゃんにとってはいいことだった」

「そうですね……。愛を見捨ててはいけなかったんです」

そう言って智子は、「でも、やっぱり大多さんに謝らなくちゃ」

「どうして？　僕のことを誤解してたから？」

「それもありますけど、私、大多さんの書く〈ヒロイン〉の主人公が自分の分身みたいに思って誇りにしてたんです。でも、あんなことをして……。大多さんをがっかりさせただろうと思ったんです」

「そういうことか。いや、大丈夫。〈ヒロイン〉は、間違えることがあっても、いずれ立ち直るよ」

「――そうですね」

と、智子はホッとしたように、「あ、私、夫と話をしたんです」

「え？」

「TVのニュースに私が映っているのを見て、連絡して来たんです」

「じゃ、僕に電話して来たのも？」

「ええ。私、びっくりしました。てっきりあの人は死んだと思ってたので」

「死んだ?」

「私たちを置いて出て行ったとき、私、必死で追いかけたんです。雨が降ってて……。私、あの人を川へ突き落としてしまったんです」

「じゃあ――」

「てっきり死んだとばかり……。でも岸に泳ぎついたんだそうです」

「良かったわね」

と、あやめが言った。「またやり直すの?」

「さあ……。まだ会ってもいないので……」

と、智子が首をかしげる。

「どっちかに決めて」

と、あやめは言った。「ドラマの筋が変っちゃうかもしれないわよ」

「本当だ」

と、大多が笑うと、居合せたみんなが笑った。

そして最後に智子も。すると、

「――何がおかしいの?」

と、声がして、見れば愛がキョトンとした顔で立っていたのである。

「愛ちゃんにもいずれ分るわ」

と、あやめは言った。「大人の世界は、笑いたくなるおかしなことが沢山あるのよ」

「ふーん」

愛は分ったような顔で肯くと、「ママ、アイスクリーム食べたい」

と言った。

「まあ。でも、時間が」

「大丈夫だよ」

大多がアイスクリームを注文すると、ケータイが鳴った。「――失礼」

席を立って、

「もしもし」

「ああ、牧野だ」

この〈ヒロイン〉の話を松村としたとき、偶然会った、高校のときの友人だ。

「やあ、どうした?」

「そっちも色々大変みたいだな」

「まあね」

「いや、忙しいんだろ。ひと言、礼が言いたくてな」

「何のことだ?」

「つまらないことなんだが、この間、女房と大ゲンカになってな。別れようってことになったんだが……」

「へえ」

「そしたら女房が、『あ、〈ヒロイン〉見なきゃ』って、TVを点けてさ。——二人で見てる内に、いつの間にか、別れ話はどこかへ行っちまった。ドラマのおかげだ」

「そうか」

大多は笑って、「役に立って良かったよ」

「うん。二人で久しぶりに旅行でもしようかと言ってるんだ」

「いいじゃないか」

——俺の書いたドラマが、少なくとも一組の夫婦の離婚を食い止めた。

大多は楽しい気分になって、席へ戻ろうとしたが、

「——そうだ」

うちは大丈夫か?

散々放ってある。

大多はあわてて妻のケータイへとかけたのだった。

初出
「小説推理」'12年10月号〜'15年4月号

TOKYO
FUTABASHA
BOOKS

女主人公《ヒロイン》

平成二十七年八月二十三日　第一刷発行

著者―赤川次郎《あかがわじろう》

発行者―赤坂了生／発行所―㈱双葉社
〒一六二―八五四〇
東京都新宿区東五軒町三番二八号
〇三―五二六一―四八一八（営業）
〇三―五二六一―四八三一（編集）

印刷―大日本印刷株式会社
カバー印刷―株式会社大熊整美堂
CTP―株式会社ビーワークス
製本―株式会社宮本製本所

ISBN978-4-575-00797-8　C0293
http://www.futabasha.co.jp/
（双葉社の書籍・コミック・ムックが買えます）